Paul Schmidt

Kant, Schiller, Vischer: ueber das Erhabene

Antigonos

Paul Schmidt

Kant, Schiller, Vischer: ueber das Erhabene

Unveränderter Nachdruck der Originalausgabe von 1880.

1. Auflage 2024 | ISBN: 978-3-38693-806-8

Antigonos Verlag ist ein Imprint der Outlook Verlagsgesellschaft mbH.

Verlag: Outlook Verlag GmbH, Zeilweg 44, 60439 Frankfurt, Deutschland
Vertretungsberechtigt: E. Roepke, Zeilweg 44, 60439 Frankfurt, Deutschland
Druck: Libri Plureos GmbH, Friedensallee 273, 22763 Hamburg, Deutschland

Kant, Schiller, Vischer:

Ueber das Erhabene.

Von

Dr. Paul Schmidt.

MAX NIEMEYER
HALLE a. S.

I.

Welche Stellung die Kritik der Urtheilskraft in Kant's
System einnimmt, kann ich billig übergehen; auch darf ich
mich in Bezug auf die Untersuchungen über das Schöne kurz
fassen. Es genügt zu bemerken, dass Kant vom Subject
ausgehend mit einer Zergliederung des Geschmacksurtheiles
beginnt. Nicht was da draussen schön sei, ist zu untersuchen,
sondern die Art, wie wir von schönen Gegenständen erregt
zu werden pflegen. Wenn wir etwas schön nennen, so sagen
wir nichts vom Objecte aus, sondern bezeichnen nur die
Wirkung des Gegenstandes auf unser Gemüth; wir fällen
also nicht ein logisches, sondern ein aesthetisches Urtheil.

Betrachtet man das Geschmacksurtheil nach den vier
Kategorien, so ergiebt sich erstens, dass das Schöne im
Gegensatz zum Angenehmen und Guten ohne Interesse ge-
fällt.¹) Zweitens verschafft uns zwar das Geschmacksurtheil keine Erkenntniss von dem Gegenstande, kann also
nicht gleich dem logischen Urtheil Jedermanns Beistimmung
postuliren, sinnt aber Jedermann diese Beistimmung an; und
so ist schön, was ohne Begriff allgemein gefällt.²) Drittens
ist mit der Vorstellung des Schönen nicht der Begriff eines
Zweckes verbunden, sondern Schönheit ist Form der Zweckmässigkeit, sofern sie ohne Vorstellung eines
Zwecks an ihm wahrgenommen wird.³) Schliesslich nennt
Kant schön, was ohne Begriff als Gegenstand eines nothwendigen Wohlgefallens erkannt wird.⁴)

Nachdem so die Analysis des Schönen beendet ist, geht
Kant zur Analysis des Erhabenen über. Auch das Erhabene

Anmerkungen: Citirt ist nach der Ausgabe von Hartenstein 1839.
¹) S. 52. Kritik der Urtheilskraft. ²) S. 62. ³) S. 82. ⁴) S. 87.

giebt keine Erkenntniss vom Objecte, sondern zeigt nur eine Stimmung unseres Gemüths an. Es ist dem Erhabenen und Schönen gemeinsam, dass sie für sich selbst gefallen, ebenso dass sie kein Sinnes-, noch ein logisch-bestimmtes, sondern ein Reflexionsurtheil voraussetzen. [1]) Bei beiden beruht ferner das Wohlgefallen auf dem freien Spiel der Erkenntnisskräfte, nur dass beim Schönen Einbildungskraft und Verstand, beim Erhabenen Einbildungskraft und Vernunft in ein Verhältniss treten. Daher sind auch beiderlei Urtheile einzelne, jedoch allgemeingiltig in Ansehung jedes Subjects. [2])

Allein es sind auch namhafte Unterschiede zwischen beiden. Das Schöne der Natur betrifft die Form des Gegenstandes, die in der Begrenzung besteht; das Erhabene ist dagegen auch an einem formlosen Gegenstande zu finden. [3]) Dort war das Wohlgefallen mit der Vorstellung der Qualität, hier ist es mit der Vorstellung der Quantität verbunden. Bringt ferner das Wohlgefallen am Schönen direct ein Gefühl der Beförderung des Lebens mit sich, so ist beim Erhabenen hingegen die Lustempfindung eine indirecte, indem die Lebenskräfte zuerst gehemmt werden, um sich nachher um so stärker zu ergiessen. Es ist ein wechselweises Anziehen und Abstossen, d. i. eine negative Lust, welche Achtung genannt werden kann und im Unterschied vom Schönen mit Reizen unvereinbar ist. [4])

Der wichtigste und innere Unterschied ist aber dieser: Die Naturschönheit zeigt Zweckmässigkeit in ihrer Form und macht an sich einen Gegenstand des Wohlgefallens aus, sie scheint gleichsam vorherbestimmt für unsere Urtheilskraft; das Erhabene hingegen entdeckt uns nichts von dieser (objectiven) Zweckmässigkeit der Natur, erscheint sogar zweckwidrig für unsere Urtheilskraft und kann überhaupt, da es nur Ideen der Vernunft trifft, in keinem sinnlichen Gegenstande enthalten sein; ein solcher ist nur tauglich, in uns die Vorstellung der Erhabenheit zu erregen. [5])

Nun ist das Wohlgefallen am Erhabenen ebenso ein

---

[1]) S. 92.　[2]) S. 92.　[3]) S. 92.　[4]) S. 93.　[5]) S. 93.

Geschmacksurtheil, wie das Wohlgefallen am Schönen; untersucht man es daher nach dem Schema der vier Kategorien, so muss sich dasselbe Resultat ergeben: das Wohlgefallen am Erhabenen muss der Quantität nach allgemeingiltig, der Qualität nach ohne Interesse, der Relation nach subjective Zweckmässigkeit sein, und der Modalität nach die letztere als nothwendig vorstellig machen.[1])

Die Beurtheilung des Erhabenen aber geschieht nicht ohne eine Bewegung des Gemüths, welche durch die Einbildungskraft entweder auf das Erkenntniss- oder das Begehrungsvermögen bezogen wird, d. h. mit Beziehung auf das Object: wir haben ein mathematisch- und dynamisch-Erhabenes[2]).

Vom Mathematisch-Erhabenen.
(S. 96 — 111.)

Erhaben ist, was schlechthin gross ist. Es ist ein Unterschied zu machen, ob etwas schlechtweg (simpliciter) oder schlechthin (absolute) gross ist; ebenso, ob etwas gross ist (magnitudo), oder eine Grösse (quantitas). Dass etwas eine Grösse sei, kann ich dem Dinge ohne weiteres ansehen; wie gross es sei, fordert eine Vergleichung mit anderen. Der Masstab, der dabei zu Grunde liegt, bedarf zu seiner Bestimmung wieder einer Vergleichung mit anderen Grössen, so dass alle Grössenbestimmung der Erscheinungen nicht ein absoluter, sondern ein Vergleichungsbegriff ist. Nennt man nun etwas schlechtweg gross, so scheint man gar keine Vergleichung im Sinne zu haben, wenigstens nicht mit einem objectiven Masse, weil nicht bestimmt wird, wie gross der Gegenstand sei. Trotzdem macht das Urtheil auf allgemeine Beistimmung Anspruch, indem es für Jedermann einen subjectiven Masstab voraussetzt, der dem reflektirenden Urtheil über Grösse zu Grunde liegen soll; er mag nun empirisch sein, wie etwa die mittlere Grösse der uns bekannten Menschen, Thiere u. s. w., oder ein a priori gegebener Masstab, der durch die Mängel des Subjects auf subjective Bedingungen der Darstellung in concreto eingeschränkt ist, wie die Grösse

---

[1]) S 96. [2]) S. 96.

einer Tugend, der öffentlichen Freiheit in einem Lande u. s. f. Wenn nun gleich die Existenz eines derartigen Objectes für uns ohne Interesse ist, so erregt doch die blosse Grösse desselben eine zweckmässige Stimmung der Erkenntnisskräfte, welche als ein aesthetisches Wohlgefallen allgemein mittheilbar ist.

Nennen wir aber etwas schlechthin gross, d. i. erhaben, so ist klar, dass es keinen Masstab dafür ausserhalb giebt, sondern er liegt in ihm selbst; was schlechthin gross ist, trifft nur Ideen der Vernunft; nicht ein Gegenstand der Natur, sondern die Geistesstimmung ist erhaben. Und so giebt Kant die Formel: Erhaben ist, was auch nur denken zu können ein Vermögen des Gemüths beweiset, das jeden Masstab der Sinne übertrifft. [1)

Unser Messen geschieht durch Zählen, ist also logisch; wollen wir uns aber .einen bestimmten Begriff von einer Grösse machen, so muss uns das Grundmass der Anschauung gegeben sein, d. h. alle Grössenschätzung der Natur ist aesthetisch, also subjectiv bestimmt.

Die mathematische Grössenschätzung geht bis in das Unendliche ohne Widerstand, nicht so die aesthetische. Es kommt dies aber daher: Um ein Quantum uns vorstellig zu machen, bedarf es zweier Handlungen: der Auffassung und Zusammenfassung. Erstere ist unbegrenzt, letztere hat ihr Maximum, nämlich das aesthetisch-grösste Grundmass der Grössenschätzung. Denn in der Auffassung geschieht es, dass an einer gewissen Grenze beim Weiterrücken die zuerst aufgefassten Theile verschwinden in der Einbildungskraft und so auf der einen Seite verloren geht, was auf der anderen Seite hinzukommt; es ist demnach für die Einbildungskraft in der Zusammenfassung ein Grösstes erreicht, über welches sie nicht übergreifen kann.

Worin liegt aber nun die subjective Zweckmässigkeit bei Beurtheilung eines erhabenen Gegenstandes, da er nicht nur der Wirkung durch die Form entbehrt, wie das Schöne

---

[1) S. 100.

sie hat, sondern sogar unangemessen ist unserer Einbildungskraft?

In der Zusammensetzung, die zur Grössenvorstellung erforderlich ist, schreitet die Einbildungskraft ungehindert fort, indem sie der Verstand durch Zahlbegriffe leitet. Diese Grössenschätzung hat zwar einen objectiven Zweck, aber für die Urtheilskraft liegt nichts Zweckmässiges und Gefallendes darin. Auch ist hierbei die Einbildungskraft nicht bis zu ihrer Grenze getrieben, und es beeinflusst die richtige Schätzung nicht, ob als Einheit des Masses diese oder jene Grösse gewählt sei. Nun treibt uns aber die Vernunft, jene Theilvorstellung zusammenzufassen in eine Anschauung, sie als Totalität darzustellen, von welcher Forderung auch das Unendliche (Raum und verflossene Zeit) nicht ausgenommen ist.

Das Unendliche ist aber schlechthin gross. Es ist ein Widerspruch, es an einem Masstabe messen zu wollen; es überhaupt nur als ein Ganzes denken zu können, beweist, dass wir ein übersinnliches Vermögen besitzen. „Erhaben ist also die Natur in derjenigen ihrer Erscheinungen, deren Anschauung die Idee ihrer Unendlichkeit bei sich führt." [1] Dieses findet statt, wenn die Einbildungskraft nicht im Stande ist, ein zur Grössenschätzung taugliches Grundmass zu fassen und zur Grössenschätzung zu gebrauchen. „Nun ist das eigentliche unveränderliche Grundmass der Natur das absolute Ganze derselben, welches bei ihr als Erscheinung zusammengefasste Unendlichkeit ist. Da aber dieses Grundmass ein sich selbst widersprechender Begriff ist (wegen der Unmöglichkeit der absoluten Totalität eines Progresses ohne Ende); so muss diejenige Grösse eines Naturobjects, an welcher die Einbildungskraft ihr ganzes Vermögen der Zusammenfassung fruchtlos verwendet, den Begriff der Natur auf ein übersinnliches Substrat (das ihr und zugleich unserm Vermögen zu denken zum Grunde liegt) führen, welches über allen Masstab der Sinne gross ist und daher, nicht sowohl den Gegenstand, als vielmehr die Gemüthsstimmung in Schätzung des-

---

[1] S. 105.

selben, als erhaben beurtheilen lässt."[1] Es setzt also bei Beurtheilung des Erhabenen die aesthetische Urtheilskraft das Vermögen der Einbildungskraft in Beziehung zur Vernunft, um zu deren Ideen subjectiv übereinzustimmen. Nennt man nun Achtung das Gefühl der Unangemessenheit unseres Vermögens zur Erreichung einer Idee, die für uns Gesetz ist, so wirkt die Unangemessenheit unserer Einbildungskraft zur Darstellung eines Gegebenen zu einem Ganzen, wie es die Vernunft fordert, Achtung für unsere eigene Bestimmung, die wir durch eine gewisse Subreption (Verwechselung einer Achtung für das Object statt der für die Idee der Menschheit in unseren Subjecte) einem Objecte der Natur beweisen.

Diese Unangemessenheit unserer Anschauung, ein Absolut-Ganzes als aesthetisches Grundmass zu befassen, (welches Unlust ist), zeigt uns, dass wir eine Vernunft besitzen, deren Ideen sich der sinnlichen Grössenschätzung entziehen; und dies bringt uns in die zweckmässige Stimmung (welches Lust ist), jeden Massstab der Sinnlichkeit den Ideen der Vernunft unangemessen zu finden.

B. Vom Dynamisch-Erhabenen der Natur.
(S. 111—118.)

„Die Natur im aesthetischen Urtheile als Macht, die über uns keine Gewalt hat, betrachtet, ist dynamisch-erhaben."[2] Es muss uns also die Natur furchtbar erscheinen, ohne dass wir jedoch uns wirklich zu fürchten haben; wir denken uns bloss die Möglichkeit, dass eintretenden Falles unser Widerstand vergeblich sein würde. In Wahrheit darf uns Gefahr nicht drohen, weil wir sonst nicht zu einem freien Wohlgefallen bei der Betrachtung gelangen würden. Bei dem Gedanken der Unmöglichkeit nun, dass wir einem Gegenstande, der erhaben genannt wird, Widerstand leisten könnten, entsteht in unserem Gemüthe ein ähnliches Gefühl wie bei der Betrachtung des Mathematisch-Erhabenen. Die

---

[1] S. 106. [2] S. 111.

Unzulänglichkeit aber unserer physischen Macht veranlasst, dass wir eine Macht in unserem Gemüthe erkennen, über welche die Natur keine Gewalt hat; während der Mensch erdrückt zu werden scheint von den Massen, wird die Menschheit in uns nicht erniedrigt. Es wird eine Stimmung in unserem Gemüthe erweckt, welche alle äusseren Güter, welche der mächtige Gegenstand bedroht, für nichts achtet, dagegen unsere Erhabenheit als etwas hinstellt, was keiner rohen Gewalt unterworfen ist. „Also ist die Erhabenheit in keinem Dinge der Natur, sondern nur in unserem Gemüthe enthalten, sofern wir der Natur in uns und dadurch auch der Natur (sofern sie auf uns einfliesst) ausser uns, überlegen zu sein, uns bewusst werden können." [1])

Streitet nun aber nicht mit diesem Begriff des Erhabenen, wenn wir Gott im Ungewitter u. dergl., als im Zorn, uns vorstellen, wo es doch Thorheit und Frevel sein würde, unsere Ueberlegenheit über die Wirkungen und gar die Absichten einer solchen Macht geltend machen zu wollen? Der Mensch, der in seiner Sünde Ursache findet, Gott zu fürchten, ist nicht in der Gemüthsverfassung, die zur Stimmung des Erhabenen erfordert wird; ist er aber sich seiner guten Gesinnung bewusst, „dienen jene Wirkungen der Macht in ihm die Idee der Erhabenheit dieses Wesens zu wecken, sofern er eine dessen Willen gemässe Erhabenheit der Gesinnung bei sich selbst erkennt und dadurch über die Furcht vor solchen Wirkungen der Natur, die er nicht als Ausbrüche seines Zornes ansieht, erhoben wird." [2])

Zur Beurtheilung des Erhabenen scheint Kultur nicht bloss der aesthetischen Urtheilskraft, sondern auch der Erkenntnissvermögen, die zu Grunde liegen, erforderlich zu sein; und in der That wird dem rohen Menschen abschreckend erscheinen, was wir erhaben nennen. Allein man darf nicht übersehen, dass die Kultur den Keim bloss entwickelt, nicht aber erzeugt. Das Urtheil über das Erhabene hat seine Grundlage im Menschen, nämlich in seiner sittlichen Anlage,

---

[1]) S. 116. [2]) S. 115.

und hierauf gründet sich das Ansinnen auf Beistimmung, die wir zu fordern uns berechtigt fühlen. Mit dieser Exposition der Urtheile über das Erhabene der Natur ist nach Kant auch zugleich ihre Deduktion gegeben. „Denn, wenn wir die Reflexion der Urtheilskraft in denselben zerlegten, so fanden wir in ihnen ein zweckmässiges Verhältniss der Erkenntnissvermögen, welches dem Vermögen der Zwecke (dem Willen) a priori zum Grunde gelegt werden muss und daher selbst a priori zweckmässig ist, welches dann sofort die Deduktion, d. i. die Rechtfertigung des Anspruchs eines dergleichen Urtheils auf allgemein-nothwendige Gültigkeit enthält." (Ha. S. 135.)

Was in den nun folgenden Anmerkungen zum Erhabenen Wichtiges enthalten ist, wird in der Kritik hervorgehoben werden.

Fragen wir, welche Momente Kant hervorhebt, um das Schöne vom Erhabenen zu trennen, so können wir ihm zunächst beistimmen, wenn er auf die verschiedenen subjektiven Vorgänge aufmerksam macht, welche sich beim Anschauen des Schönen als positive Lust, beim Anschauen des Erhabenen hingegen als negative Lust charakterisiren; dort ist das Gemüth in ruhiger Kontemplation, hier in bewegter Stimmung.

Dass das Wohlgefallen am Schönen mit der Vorstellung der Qualität, am Erhaben aber mit der Vorstellung der Quantität verbunden sei, ist gemäss der ganzen Entwickelung der Begriffe für Kant richtig. Wenn Schasler hiergegen bemerkt, dass dadurch „die Möglichkeit eines qualitativ Erhabenen z. B. der Leidenschaft oder sittlichen Grösse geleugnet wird", so ist dies ein unberechtigter Vorwurf. Kant hat zunächst Schönes und Erhabenes in ihren Hauptverschiedenheiten im Ange, und da gilt der Satz: „Alle Erhabenheit ist, mit dem Schönen verglichen, quantitativ". (Vischer § 90.) Ferner lässt sich der Begriff der Quantität auch auf geistige Erscheinungen, auf die Begierden, die Leidenschaft u. s. w. anwenden [1]), und Kant spricht sich in ähnlichem Sinne

---

[1]) Vergl. Thiele, Logik S. 76; (Hegel, Encyclop. S. 199).

aus[1]). Wenn wir aber somit auch zugeben, dass die Kategorie der Quantität überall im Erhabenen mitbestimmend ist, so werden wir sie doch nicht als ein Hauptmerkmal für alle Fälle ansehen können, was sich auch später aus Vischer's Darstellung ergeben wird. Wenn aber nun gar Schasler Kant vorwirft S. 541: „Allein auch in dieser Beziehung ist er nicht konsequent. Er macht nämlich hinsichtlich des Gebiets des Geistes, wovon er ursprünglich das Erhabene ausschloss, einen Unterschied, indem er die Affekte den Leidenschaften gegenüberstellt," so ist hervorzuheben, dass nach Kant die Natur, da es Erscheinungen des äusseren und inneren Sinnes giebt, theils äussere (körperliche) theils innere (seelische, denkende) ist.[2])

Ein weiterer Unterschied nach Kant ist der: „Das Schöne der Natur betrifft die Form des Gegenstandes, die in der Begrenzung besteht; das Erhabene ist dagegen auch an einem formlosen Gegenstande zu finden". (§ 23.) Die näheren Bestimmungen über diesen Punkt sind genauer bei Vischer zu finden, wir verweisen deshalb auf Seite 30—35.

„Der wichtigste und innere Unterschied aber des Erhabenen vom Schönen ist wol dieser: dass . . . die Naturschönheit eine Zweckmässigkeit in ihrer Form . . . bei sich führe und so an sich einen Gegenstand des Wohlgefallens ausmacht . . . der Begriff des Erhabenen der Natur . . . nichts Zweckmässiges in der Natur selbst, sondern nur in dem möglichen Gebrauche ihrer Anschauungen, um eine von der Natur ganz unabhängige Zweckmässigkeit in uns selbst fühlbar zu machen, anzeige." (§ 23) S. 95. Und wenn es dann weiter heisst: „Die Naturschönheit . . . erweitert . . . . unsern Begriff von der Natur, nämlich als blossem Mechanis-

---

[1]) Uebrigens geht die Beurtheilung der Dinge als gross oder klein auf alles, selbst auf alle Beschaffenheiten derselben; daher wir selbst die Schönheit gross oder klein nennen, wovon der Grund darin zu suchen ist, dass, was wir nach Vorschrift der Urtheilskraft in der Anschauung nur immer darstellen (mithin aesthetisch vorstellen) mögen, insgesammt Erscheinung, mithin auch ein Quantum ist. (Kr. d. aesth. Urth. § 25, S. 99.)

[2]) Erdmann, Gesch. d. Phil. III, S. 335.

mus, zu dem Begriffe von eben derselben als Kunst, welches zu tiefen Untersuchungen über die Möglichkeit einer solchen Form einladet", (§ 23, S. 94.) so sehen wir Kant am Garten der Metaphysik stehen, von seinen Geheimnissen trennt ihn das Gitter der Kategorien, nur ahnend schaut sein Auge durch die Schranken. Die zu scharfe Trennung von Verstand und Vernunft hindert auch hier wieder einmal ein tieferes Ergebniss. Wenn das Gefühl des Erhabenen für das Subject zweckmässig ist, so muss doch auch zugegeben werden, dass der Gegenstand, welcher dieses Gefühl erregt, wenn auch nicht in unmittelbarer, so doch in mittelbarer Weise insofern zweckmässig ist, als er dieses Gefühl zu erwecken vermag, und überdies ist die in diesem Gefühl thätige subjektive Vernunft ein Ausfluss einer allgemeinen objektiven Vernunft, an der sowohl das Schöne als auch das Erhabene Theil hat. Und so stimmen wir auch Vischer bei zu der Bemerkung: „Kant verrennt sich den Weg des Uebergangs durch die falsche Unterscheidung, dass das Schöne einen Verstandesbegriff (Zweckmässigkeit), das Erhabene einen Vernunftbegriff (Unbegrenztheit) in sich darstelle. — Die Zweckmässigkeit, die als innere sich selbst aufhebt, ist nicht ein Verstandesbegriff, sondern ein Vernunftbegriff." (S. 215.) Was das Erhabene mit dem Schönen gemeinsam hat, betrifft lediglich nur das Geschmacksurtheil, welches nach den vier Kategorien der Quantität, Qualität, Relation und Modalität beim Erhabenen wie beim Schönen gleich bestimmt wird.

Die Bestimmungen nach Quantität und Modalität sind berechtigt, hingegen haben die anderen manche Angriffe erfahren, die ein näheres Eingehen verdienen.

Das aesthetische Wohlgefallen ist der Qualität nach ohne Interesse. Es ist ein Interesse im allgemeinen Sinne von dem Interesse, welches Schönes und Erhabenes nicht haben, zu unterscheiden. Letzteres ist: „ein Wohlgefallen, welches nicht bloss durch die Vorstellung des Gegenstandes, sondern zugleich durch die vorgestellte Verknüpfung des Subjekts mit der Existenz desselben bestimmt wird. (§ 5. S. 50.) Nun sagt Schasler S. 544: „Kant definirt nun das

Interesse ganz korrekt als ‚die Lust an der Existenz‘ eines
Gegenstandes und bemerkt, dass, um mit dem Wohlgefallen
der blossen Reflexion über einen Gegenstand noch eine Lust
an der Existenz desselben verknüpfen zu können‘, der Geschmack ‚allererst mit etwas Anderem verbunden vorgestellt
werden‘ müsse. Jedenfalls kann also doch, ob nun direkt
oder indirekt, der Geschmack, d. h. das Wohlgefallen am
Schönen mit Interesse verbunden werden. Dieser Widerspruch ist nicht aus dem Wege zu räumen“. Allerdings!
weil keiner da ist. Es ist kein Widerspruch, dass das Schöne
(ein schöner Mensch) gut sei.

Es sei noch erwähnt, dass Kant unter Interesselosigkeit
nicht eine absolute versteht[1]).

Der Relation nach ist das Wohlgefallen am Erhabenen
subjektive Zweckmässigkeit. Ueber den Zweckmässigkeits-
begriff haben wir schon gesprochen; es ist hier noch ein Vorwurf Zimmermann's zu widerlegen. Die subjektive Zweckmässigkeit ruht bekanntlich auf der Harmonie der Seelenkräfte,
und darüber heisst es zunächst in Bezug auf das Schöne bei
Zimmermann S. 412: „Wir fragen, ob es die Harmonie der
Seelenkräfte, oder nicht vielmehr nur ihre Harmonie überhaupt sei, die als Grund des Gefallens auftritt. ... Um
eine Lust daran zu fühlen, dass ihre Kräfte sich in Harmonie
befinden, scheint es überdies nöthig, dass die Seele die Harmonie schon für etwas Werthvolles und Gefallenerregendes
ansehe, weil ihr sonst der Umstand, dass ihre Kräfte in
diesem Zustand sich befinden, ziemlich gleichgültig sein
müsste.“ Gefällt denn aber der abstrakte Begriff für sich,
oder gefällt etwas deshalb, weil es im Gefühlszustande Harmonie hervorruft? Vergl. auch Lotze[2]). Beim Erhabenen
sucht Zimmermann auch auf eine objektive Bestimmung zu

---

[1]) Kant, Anm. zu § 29, S. 132.: „Es ist auch nicht zu leugnen,
dass alle Vorstellungen in uns, sie mögen objektiv bloss sinnlich, oder
ganz intellectuell sein, doch subjektiv mit Vergnügen oder Schmerz, so
unmerklich Beides auch sein mag, verbunden werden können, weil sie insgesammt das Gefühl des Lebens afficiren.“

[2]) Lotze, Aesthetik S. 64.

kommen S. 416: „Auch hier ist es nicht, wie Kant ausdrücklich anmerkt, die Qualität der Vernunftbestimmung, sondern einzig deren Quantität, die Bewunderung erregt. Nicht weil sie praktische Vernunft, sondern weil sie die absolute Totalität ist, fühlen wir uns in ihrem Bewusstsein über alle Grösse der Natur und der Sinne erhaben. Das Wohlgefallen erregende ist demnach das reine Grössenverhältniss, bei dem die Beschaffenheit der in Vergleich gesetzten Glieder abermals gleichgültig ist." Der höhere Werth (höher ist eine quantitative Bestimmung) der Vernunft und Freiheit rührt daher, weil Vernunft und Freiheit andere Qualia sind als Objekte der Natur. Und S. 418: „Und wo nicht eine jedes denkbare Mass überschreitende Grösse im Objekte sich ankündigte, da würde auch das Subjekt seiner dennoch überlegenen Fähigkeit nicht inne werden". Bezweifelt dies etwa Kant? „Das Subjekt besitzt diese Grösse, das Objekt regt die Erkenntniss desselben im Subjekte an; für das aesthetische Wohlgefallen ist der erste Umstand zunächst gleichgültig. Woran die überlegene Grösse sich immer zeigen möge, ihre Ueberlegenheit ist es, die gefällt." Nicht das Quantitative als solches berechtigt zum aesthetischen Wohlgefallen, sondern nur, sofern es in einem bestimmten Verhältniss zum anschauenden Subjekte steht.

Kant theilt das Erhabene, indem die Einbildungskraft entweder auf das Erkenntniss- oder das Begehrungsvermögen bezogen wird, in ein mathematisch- und ein dynamisch Erhabenes [1]) der Natur. Hebt man die subjective Seite der Auffassung hervor — wie sie Schiller betont — so würde der Spielraum grösser sein; in ihrer objectiven Fassung aber würde man ohne Zwang viele Erscheinungen des Erhabenen nicht subsumiren können. So kann man das Erhabene des guten Willens auf seiner höchsten Stufe, wo im bewussten Zusammenhange mit dem Absoluten eine freie Entscheidung

---

[1]) Vischer §. 96: „Es fehlt das weitere Moment, dass die Kraft als solche (in ihrem Unterschied vom Geiste) ein besinnungsloses ist . . . Daher fürchten wir uns weit mehr, wenn wir einem Raubthiere, als wenn wir einem bewaffneten Menschen gegenüberstehen."

für das Gute getroffen wird, nicht mehr als dynamisch erhaben beurtheilen. Merkwürdig ist, das Kant das Erhabene der Zeit nicht erwähnt, da ihn doch beim mathemathisch Erhabenen die Zahlen beschäftigen und Zahl und Zeit bei Kant Verwandtschaft haben. Jedenfalls hat er es stillschweigend unter das mathematisch Erhabene subsumirt und hielt keine besondere Eintheilung für nöthig. Den Eindruck, den das Erhabene der Zeit auf ihn gemacht, schildert er in verschiedenen Schriften. (Vgl. Beobachtungen über das Gefühl d. Sch. u. Erhab. Ha. S. 383. B. VII): „Haller's Beschreibung von der künftigen Ewigkeit flösst ein sanftes Grausen, und von der vergangenen starre Bewunderung ein". Lotze aber möchte überhaupt die Unterschiede nicht gelten lassen, denn: „Keine Ausdehnung giebt es, die nicht eben indem unsere Einbildungskraft sie zu durchlaufen und zusammenzufassen sucht, uns als sich selbst lebendig ausdehnende Kraft erschiene. So fällt das mathematisch Erhabene unter das Dynamische". (S. 327). — Begrifflich bleibt doch der Unterschied. Wir verweisen auf Vischer, der das Erhabene des Raumes und der Zeit auch trennt und beide im Erhabenen der Kraft vereint, indem dieses jene Formen sowohl in sich trägt als auch über sie hinaus ist. Vischer wirft aber Kant einen anderen Mangel vor: „Die Frage aber, ob denn nicht das Erhabene des Geistes, sinnlich erscheinend, eine eigene und höhere Form des Erhabenen begründen müsse, wirft Kant gar nicht auf. Der geheime Grund davon ist offenbar, dass hier seine psychologische Theorie von der Subreption nicht anzubringen gewesen wäre; und dies mag ihm als tieferer Grund auch bei der Ausschliessung der organischen Natur schon vorgeschwebt haben, denn hier ist zwar ein Leihen noch nöthig, aber in ungleich minderem Grade." (§ 89.) Dass Kant seine Untersuchungen zunächst auf die rohe Natur einschränkt, geschieht lediglich, um die aesthetischen Bestimmungen möglichst rein festzustellen [1]). Das Erhabene des Geistes hat

---

[1]) „Man muss darauf Acht haben, dass in der transrendentalen Aesthetik der Urtheilskraft lediglich von reinen aesthetischen Urtheilen die

nach ihm inneren Zusammenhang mit dem Sittlichen, ist also mit einem Interesse verbunden. Mir scheint daher der Grund zuletzt in dem Mangel zu liegen, dass Kant, um seine Bestimmungen rein zu halten, oder vielmehr durch seinen ganzen Standpunkt gehindert, den inneren Zusammenhang von Gehalt und Form nicht in das richtige Licht gestellt hat [1]). An Stellen, wo er zu solchen Bestimmungen kommen könnte, wird immer der formale Begriff der subjektiven Zweckmässigkeit herangezogen. Vischer's Erklärung hingegen scheint mir nicht das Richtige zu treffen. Subreption ist nach Kant „Verwechselung einer Achtung für das Objekt, statt der für die Idee der Menschheit in unserem Subjekte" (§ 27. S. 10). Wir müssen aber die Bestimmung Kant's, dass das Gefühl des Erhabenen in der Natur Achtung für unsere eigene Bestimmung sei, dahin vertiefen, dass es im letzten Grunde Achtung vor dem Absoluten ist. Und nun fragen wir auf Kant'schem Standpunkte: Ist beim Anschauen eines erhabenen Subjekts nicht ebenfalls die Achtung vor der Idee der Menschheit in unserem Subjekte? Steht ja doch das subjektiv Erhabene für den Betrachtenden auf derselben Stufe wie das objektiv Erhabene. Auch in uns selbst ist diese Zweiheit zwischen dem zum Bewusstsein erhobenen Gefühl des Erhabenen und demjenigen Zustande (Ereignisse), welches die Grundlage dieses Gefühls bildet. Denn klares Denken ist nie Identität von Denken und Sein [2]).

Rede sein müsse, folglich die Beispiele nicht von solchen schönen oder erhabenen Gegenständen der Natur hergenommen werden dürfen, die den Begriff von einem Zwecke voraussetzen." (Kr. d. a. U. Anm. zu §. 29 S. 122.) Eben das ist von dem Erhabenen und Schönen in der Menschengestalt zu sagen." (ebendaselbst S. 123.)

[1]) „Gegen diese Schönheit (Schönheit des Menschen) ist Kant nicht ganz gerecht gewesen; fast könnte man hier bei ihm einen Nachklang aus der Kindheit der deutschen Aesthetik finden: reine Schönheit ist ihm nur das inhaltleere Formenspiel der Eindrücke in Raum und Zeit, und gegen diese reine Schönheit zeigt er eine sehr merkliche Geringschätzung; was er dagegen höher achtet: die Schönheit des Bedeutungsvollen, das möchte er am liebsten gar nicht mehr zur Schönheit rechnen, um es aus einem besseren Rechtsgrunde hochzuachten." (Lotze, Aesth. S. 59)

[2]) Vergl. Thiele, Logik §. 7.

Weiter sagt Vischer S. 325: „Hier (beim dynamisch Erhabenen) wird also die Selbstschätzung der Unendlichkeit des Willens in uns, der Freiheit, dem Objekte, der endlichen Kraft untergeschoben. Kant bemerkt nicht, dass er dadurch nicht nur im Momente der Erhebung oder Lust ganz aus der vorliegenden Sphäre herausgeht, sondern dass er auch das Moment der Unlust, das Erliegen vor der Grösse nämlich und die Furcht, und hiemit den ganzen Gegenstand aufhebt. Eine Täuschung ist da, aber wenn ich mich einmal auf sie besonnen habe, wenn ich mich erinnere, dass wahre Unendlichkeit nur in meinem Geiste ist, so hat Furcht und Erliegen ein Ende. Kant will das Furchtbare erklären und erklärt, dass wir uns nicht zu fürchten brauchen". Kant hat nicht die Stimmung beschreiben wollen, sondern nur die Kräfte, die dabei thätig sind. Und liegt nicht darin, dass Kant von der Subreption spricht, dass er an die Täuschung gedacht hat beim Gefühl des Erhabenen, eine Täuschung, die es eben bleibt, so lange das reine Wohlgefallen andauert? Auch gehört hierher ein Vorwurf Lotze's: „Dass solche Unendlichkeit nicht eine leere Vorstellung, nicht eine Unerreichbares ist, sondern dass sie als Wirkliches in der Wirklichkeit Platz nimmt, diese verehrungsvolle Freude an der Realität des Grossen liegt dem Gefühl des Erhabenen allgemeiner zu Grunde als jene Beziehung des Sinnlichen auf einen Massstab, der seine Grösse vernichtet". (S. 326.) Es liegt in „verehrungsvoll" unleugbar die Beziehung zur Negation unserer Sinnlichkeit, also wird im menschlichen Geiste der Grund zur Freude zu suchen sein, allerdings, wie wir zugeben, ein Geist, der sich der Natur verwandt fühlt.

Weiter heisst es bei Vischer: „Die Täuschung setzt sich im subjektiven Eindrucke vielmehr dahin fort, dass das Subjekt nicht nur die endliche Unendlichkeit des Gegenstandes mit der wahren, geistigen verwechselt, sondern umgekehrt, wenn es hierauf mit dem Gegenstande zusammenfliesst, auch diese seine eigene Unendlichkeit wie eine massenhafte, sinnlich bestimmte fühlt. Wir halten es mit dem Sturm, schwimmen in diesem Strom in's Unendliche hinaus u. s. f." (S. 325.)

Diese elementare Stimmung existirt allerdings, sehnsüchtig breitet man die Arme aus, die Natur zu umfangen; freundlich Element klingt es in uns; kühn schreitet der Blick den Berg hinan, das Auge möchte den Himmel schauen; man geht gleichsam den majestätischen Gang der Sonne mit u. s. w. Dies hervorgehoben zu haben, ist ein unleugbares Verdienst Vischer's, aber Kant's Bestimmung bleibt doch bestehen. Nehmen wir ein Beispiel: Wir stehen vor hohen Gebirgsmassen, welche zuerst ein Gefühl hervorrufen, als könnten sie uns erdrücken; dann aber folgt eine Erhebung, wir wachsen mit den Bergen gleichsam in den Himmel hinein; so bleibt doch immer das erste, dass die scheinbare Unendlichkeit des Objekts Anklang findet im Subjekte, das in Wahrheit ein Unendliches in sich hat. Kant widerspricht es demnach nicht, sondern es ist nur eine beachtenswerthe Erläuterung. Auch wollen wir auf eine Bemerkung Kant's hinweisen [1].

Eine Stelle, die hierher gehört, möchten wir zum Schluss noch hervorheben, weil sie uns charakteristisch für Kant zu sein scheint. (S. 11 dieser Arbeit.) Dort verwirft er die Subreption ausdrücklich als Thorheit und Frevel und hätte nun Gelegenheit gehabt, die subjektiven Schranken zu durchbrechen, aber er findet einen Ausweg in der gottgefälligen Gesinnung. Aber hier liegt doch etwas Tieferes zu Grunde, nämlich das Bewusstsein, dass wir Gottes Kinder sind. Kann doch auch der Bösewicht in solchen Momenten sich erheben. Man denke nur an den Verbrecher am Kreuz. — Hier ist der Tod die Erscheinung eines höheren Willens.

Was Kant von dem Erhabenen des Subjekts bringt, ist nur wenig, enthält jedoch Beachtenswerthes. Das Wichtigste wird bei Betrachtung Schillers hervorgehoben werden.

Heben wir zum Schluss noch einmal die Hauptmomente

---

[1] Das Gefühl der Unerreichbarkeit der Idee durch die Einbildungskraft ist selbst eine Darstellung der subjektiven Zweckmässigkeit unseres Gemüths im Gebrauche der Einbildungskraft für dessen übersinnliche Bestimmung und nöthigt uns, subjectiv die Natur selbst in ihrer Totalität, als Darstellung von etwas Uebersinnlichen zu denken, ohne diese Darstellung objektiv zu Stande bringen zu können. (Anm. zu §. 29, S. 120.)

heraus, so vermissten wir zunächst einen inneren wesentlichen Zusammenhang zwischen dem Schönen und Erhabenen; was hingegen als ihr „innerer" Unterschied angegeben wurde, konnten wir nicht stichhaltig finden. Auch die Eintheilung. in mathematisch und dynamisch Erhabenes schien uns nicht erschöpfend zu sein, und eine metaphysische Begründung des Tragischen liess sich von Kant nicht wohl erwarten. Was schliesslich die Feststellung der subjektiven Vorgänge bei Anschauung des Erhabenen betrifft, so konnten wir Kant beistimmen und gegen Einwürfe vertheidigen, empfanden aber als einen Mangel, dass Kant das Subjekt abgesondert für sich betrachtet, während es doch als Ausfluss einer allgemeinen objektiven Vernunft aufzufassen ist; und erst, wenn wir dieses festhalten, lassen sich viele Schwierigkeiten in der Kritik der Urtheilskraft heben.

Wie steht nun Schiller zu Kant und vor allem in Bezug auf diese Hauptfragen?

II.

Für uns kommen hauptsächlich folgende Abhandlungen in Betracht:

1) Ueber das Erhabene. (Sch. W. XII. S. 281—301.)
2) Zerstreute Betrachtungen über verschiedene ästhetische Gegenstände. (Sch. W. XI. S. 460—483.)
3) Ueber das Pathetische. (Sch. W. XI. S. 383—414.)
4) Ueber den Grund des Vergnügens an tragischen Gegenständen. (Sch. W. XI. S. 415—432.)
5) Ueber die tragische Kunst. (Sch. W. XI. S. 433—459.)
6) Ueber Anmuth und Würde. (Sch. W. XI. S. 313—382.)[1]

„Kein Mensch muss müssen". Der Wille ist der Geschlechtschrakter des Menscnen, und es ist seiner unwürdig, Gewalt zu erleiden; er fordert daher Befreiung von jeglicher Gewalt, ist aber umgeben von überlegenen Kräften. Dass er dennoch seine Freiheit zu behaupten vermag, dazu befähigt ihn die Kultur. Sie macht ihn frei entweder realistisch, indem der Gewalt Gewalt entgegengesetzt wird, oder idealistisch, indem sie den Menschen fähig macht, aus der Natur herauszutreten und die Gewalt dem Begriffe nach zu vernichten, d. h. sich freiwillig zu unterwerfen. Diese Resignation erfordert aber schon eine grössere Klarheit und Energie, als sie dem Menschen eigen zu sein pflegt. Glücklicher Weise ist nicht bloss in seiner rationalen Natur eine moralische Anlage, sondern auch in seiner sinnlich vernünftigen eine ästhetische Tendenz dazu vorhanden. Zwar macht uns schon die Schönheit bis zu einem gewissen Grade von der Sinnlichkeit frei, indem die sinnlichen Triebe mit dem Gesetze der Vernunft

---

Anm. [1]) Citirt ist nach der Ausgabe von Cotta 1847.

harmoniren, aber erst das Erhabene hebt uns über die Macht der Natur, weil die sinnlichen Triebe auf die Gesetzgebung der Vernunft keinen Einfluss haben. Das Gefühl des Erhabenen ist eine Zusammensetzung von Wehsein und Frohsein. Da nun derselbe Gegenstand nicht in zwei entgegengesetzten Verhältnissen zu uns stehen kann, so müssen wir selbst in zwei entgegengesetzten Verhältnissen zu ihm stehen: in dem Gefühl des Erhabenen äussert sich unsere moralische Selbstständigkeit, wir erfahren, dass der Zustand unseres Geistes sich nicht nothwendig nach dem Zustande des Sinnes richtet.

Das Erhabene kann in zweifacher Beziehung zu uns stehen: entweder übersteigt es unsere Fassungskraft, und wir erliegen bei dem Versuch, uns ein Bild oder einen Begriff von ihm zu bilden, oder es droht unserer Lebenskraft, indem unsere Macht als nichtig verschwindet. Was ist es aber, was uns trotz des peinlichen Gefühls unserer Grenzen immer wieder anzieht? „Wir ergötzen uns an dem Sinnlich-Unendlichen, weil wir denken können, was die Sinne nicht mehr fassen und der Verstand nicht mehr begreift. Wir werden begeistert von dem Furchtbaren, weil wir wollen können, was die Triebe verabscheuen, und verwerfen, was sie begehren. . . . Und so hat die Natur sogar ein sinnliches Mittel angewendet, uns zu lehren, dass wir mehr als bloss sinnlich sind . . . . Und dies ist eine ganz andere Wirkung als durch das Schöne geleistet werden kann — durch das Schöne der Wirklichkeit nämlich, denn im Idealschönen muss sich auch das Erhabene verlieren". Bei dem Schönen stimmen Vernunft und Sinnlichkeit zusammen, beim Erhabenen hingegen stimmen Vernunft und Sinnlichkeit nicht zusammen. Was hier den physischen Menschen niederdrückt, ist für den moralischen Menschen Veranlassung zur Erhebung. Ein Mensch, der alle die Tugenden besitzt, die einen schönen Charakter ausmachen, würde sich schlecht auf seinen Vortheil verstehen, wenn er lasterhaft sein wollte. Wir brauchen nicht erst tiefer zu gehen, um seine Handlungen zu begreifen, schon die Sinnenwelt erklärt das ganze Phänomen seiner Tugend. Uebt aber derselbe Mensch im grössten Unglück noch die nämlichen Tugenden, so müssen wir, den Grund seiner Handlungen jenseits dieser Weltordnung suchen. So führt uns das Erhabene aus dieser Welt und reisst plötzlich und durch eine Erschütterung den selbstständigen Geist aus der Sinnlichkeit heraus.

„Aber nicht bloss das Unerreichbare für die Einbildungskraft, das Erhabene der Quantität, auch das Unfassbare für den Verstand, die Verwirrung kann, so bald sie in's Grosse geht und sich als Werk der Natur ankündigt (denn sonst ist sie verächtlich), zu einer Darstellung des Uebersinnlichen dienen und dem Gemüth einen Schwung geben."

Das Chaos in den Erscheinungen der Natur, welches aller Regeln spottet und dem Verstande unfassbar ist, ist ein treffendes Sinnbild für die Vernunft, welche in dieser wilden Ungebundenheit ihre eigene Unabhängigkeit dargestellt findet.

Noch gewaltiger aber, als die Betrachtung der sinnlich unendlichen, wirkt auf uns die Betrachtung der furchtbaren und zerstörenden Natur. Es kann der Mensch durch Schicksalsschläge in solche Bedrängniss kommen, dass es kein anderes Mittel giebt, der Macht der Natur zu widerstehen, als sich moralisch zu entleiben. Oft überrascht den Menschen das Unglück und findet ihn nicht vorbereitet zum Kampfe, das künstliche Unglück des Pathetischen hingegen findet ihn in voller Rüstung. Da es bloss eingebildet ist, gewinnt die Vernunft Zeit, ihre Selbstständigkeit zu behaupten, und es kann geschehen, dass durch öftere Wiederholung der Rührung durch das Pathetische die Moral des Menschen so gestärkt wird, dass er vermag, das wirkliche Unglück in eine erhabene Rührung aufzulösen. „Die Fähigkeit des Erhabenen zu empfinden, ist also eine der herrlichsten Anlagen in der Menschennatur, die sowohl wegen ihres Ursprungs aus dem selbstständigen Denk- und Willensvermögen unsere Achtung, als wegen ihres Einflusses auf den moralischen Menschen die vollkommenste Entwickelung verdient. Das Schöne macht sich blos verdient um den Menschen, das Erhabene um den reinen Dämon in ihm. Das Erhabene muss zu dem Schönen hinzukommen, um die ästhetische Erziehung zu einem

vollständigen Ganzen zu machen . . . Nun stellt zwar die
Natur für sich allein Objekte in Menge auf, an denen sich
die Empfindungsfähigkeit für das Schöne und Erhabene üben
könnte; aber der Mensch ist hier von der Kunst besser be-
dient . . . Da der ganze Zauber des Erhabenen und Schönen
nur in dem Schein und nicht in dem Inhalt liegt, so hat die
Kunst alle Vortheile der Natur, ohne ihre Fesseln mit ihr
zu theilen.[1])

Schiller's Eintheilung des Erhabenen, welches er entweder zur Fassungskraft oder Lebenskraft in Beziehung setzt,
ist ganz im Sinne Kant's; unter das erstere zählt er noch
das Erhabene der Verwirrung. Der Mangel einer Zweckver-
bindung in grossartigen Erscheinungen der Natur, ein Mangel
unfassbar dem Verstand, soll ein Sinnbild sein für die reine
Vernunft, die in der Ungebundenheit der Natur ihre eigene
Unabhängigkeit dargestellt finde. Diese Erörterung scheint
mir nicht glücklich zu sein. Es ist anzunehmen, dass, wo
man Verwirrung sieht, man an die zu Grunde liegende Ursache, an die Kraft denkt, so dass wir also auf die Lebenskraft hingewiesen werden; und damit würde auch die etwas
äusserliche Parallele der Ungebundenheit der Natur und der In-
dependenz der Vernunft eine tiefere Begründung erfahren
müssen.

Die „negative Lust“ beim Gefühl des Erhabenen wird
als ein Wehsein und Frohsein bezeichnet und noch sehr fein
bemerkt, dass das Erhabene den Geist plötzlich aus der Sinnlichkeit herausreisse[2]).

Wichtiger erscheint uns die Aeusserung, dass bei dem
Schönen Vernunft und Sinnlichkeit zusammenstimme, beim Er-

---

[1]) Wir haben einen Auszug aus der Abhandlung: „Ueber das Erhabene gebracht, weil sie die Grundlage für diese Untersuchungen bildet.
Die Stellen, welche aus den anderen Abhandlungen wichtig sind, sind citirt.

[1]) „Vischer S. 224: „eine Bewegung (der Idee), welche häufig, aber
objektiv betrachtet keineswegs immer, sich als ein plötzliches Hervor-
brechen darstellen muss.“

habenen hingegen nicht. Es ist also hier nicht die scharfe Trennung von Verstand und Vernunft gemacht, wodurch ein Schritt vorwärts gethan ist zur Vereinigung des Schönen und Erhabenen; ja es heisst sogar, dass sich im Idealschönen auch das Erhabene verlieren müsse. Man könnte hierin eine Verwandtschaft mit Vischer finden, indem das Idealschöne als ein Schönes gefasst werden kann, in dem der Gegensatz des niedrig Schönen und Erhabenen aufgehoben ist. Eine nähere und genauere Erörterung aber über dieses Idealschöne giebt Schiller nicht; auch war bei ihm wohl das Ansehen Kant's zu gross, als dass er einen ernstlichen Versuch zur Vereinigung beider hätte machen können; schon die erste Bedingung dazu, nämlich das Schöne als „inhaltsvollen Schein“ zu bestimmen, hat Schiller zwar zu erfüllen gesucht, aber von Kant beeinflusst wenigstens begrifflich nicht ganz erfüllt [1]).

Ueber das Erhabene handelt ferner der Aufsatz: „Zerstreute Betrachtungen über verschiedene aesthetische Gegenstände“. Hier schliesst sich Schiller noch enger an Kant an. Die Unterscheidungen des Angenehmen, Guten, Erhabenen und Schönen bringen nichts Neues. Hervorzuheben ist nur, dass uns der wirkliche Aktus eines Verbrechens in der Darstellung gefallen könne, dass überhaupt gleichgiltige, ja selbst niedrige und abschreckende Gegenstände zu interessiren anfangen, sobald sie sich entweder dem Ungeheuren oder dem Schrecklichen nähern. Bei Kant könnte man kaum eine Möglichkeit zur Einfügung des Bösen finden; hier ist ein weiterer Schritt dazu gethan, ja sogar das Hässliche scheint hier schon gestreift zu sein. --- Hatten wir bei Kant das Erhabene der Zeit vermisst, so macht Schiller sogar die Eintheilung: „Alle sinnlichen Grössen sind entweder im Raum (ausgedehnte Grössen) oder in der Zeit (Zahlgrössen) . . . . Die Zahlgrösse ist nur insofern, als ich sie in eine Raumgrösse verwandle, erhaben“. Schiller denkt aber hier nur an das

---

[1]) Man vergl. hiermit, was Lotze S. 87—111 sehr feinsinnig abhandelt. Ferner: „Ueber aesthetische Erziehung des Menschen“ Brief XVI. Band XII. S. 63.

Messen, nicht daran, dass z. B. ein alter Baum auch ein langes Stück Zeit ist [1]).

Es werden noch einige Beobachtungen in dem Aufsatze mitgetheilt, von denen folgende hervorgehoben zu werden verdienen: „Höhen erscheinen durchaus erhabener als gleichgrosse Längen, wovon der Grund zum Theil darin liegt, dass sich das dynamisch Erhabene mit dem Anblick der ersteren verbindet. Eine blosse Länge, wie unabsehlich sie auch sei, hat gar nichts Furchtbares an sich, wohl aber eine Höhe, weil wir von dieser herabstürzen können. Aus demselben Grunde ist eine Tiefe noch erhabener als eine Höhe, weil die Idee des Furchtbaren sie unmittelbar begleitet. Soll eine grosse Höhe schreckhaft für uns sein, so müssen wir uns erst hinaufdenken und sie also in eine Tiefe verwandeln". Dem können wir im Allgemeinen zustimmen, doch darf man diese Bestimmungen nicht als erschöpfend ansehn, es sprechen die verschiedenen Verhältnisse immer mit. Tritt man in ein enges Thal, welches von hohen Bergen umschlossen ist, so hat man das Gefühl, als ob die Berge über einem zusammenstürzen könnten; den Reiz zum Hinaufklettern wird ein Berg verursachen, dessen abschüssige Form dem Klimmenden viel Widerstand entgegensetzt, er reizt die Kraft; sind seine Linien sanft geschwungen, so wirkt er ruhig erhebend [2]).

Die Betrachtung über die Grössenverhältnisse kann man als Erläuterung zu Kant ansehen, wesentlich Neues in aesthetischer Hinsicht bringen sie nicht.

Wenn Helmsen [3]) meint, dass durch die Bemerkung Schillers: „Zu den objektiven Bedingungen des Mathematisch-Erhabenen gehört für's erste, dass der Gegenstand, den wir dafür erkennen sollen, ein Ganzes ausmache und also Einheit zeige;" auf das Erhabene der Zahl oder Grösse unversehens ein Schimmer von Objektivität falle, den Kant nirgends habe einschlüpfen lassen, so betrachte ich auch dies nur wieder

---

[1]) vergl. Vischer §. 93.

[2]) vergl. Vischer §. 91.

[3]) Helmsen: „Schiller's Ansichten über Schönheit und Kunst im Zusamenhange gewürdigt." S. 21.

als eine Erläuterung zu Kant, die Sache selbst findet sich bei ihm. Z. B. § 26: „Die Grösse, die aufgefasst wird, mag soweit angewachsen sein als man will, wenn sie nur durch die Einbildungskraft in ein Ganzes zusammengefasst werden kann". Natürlich muss Veranlassung zur Zusammenfassung vorhanden sein, und diese liegt im Objekt. Wenn ferner die Art von Bestürzung des Zuschauers, der zum ersten Male die St. Peterskirche betritt, erklärt wird als „ein Gefühl der Unangemessenheit seiner Einbildungskraft für die Ideen eines Ganzen, um sie darzustellen, worin die Einbildungskraft ihr Maximum erreicht", so liegt doch die Veranlassung im Grunde darin, dass die St. Peterskirche eine Einheit ist. Auch stimme ich nicht bei, dass man bei den Worten Schillers: „Ohne das Erste (Einheit des Gegenstandes) würde die Einbildungskraft gar nicht aufgefordert werden, eine Darstellung seiner Totalität zu versuchen, ohne das Zweite (Unmöglichkeit der Zusammenfassung) würde ihr dieser Versuch nicht verunglücken können" durchaus an die Incogruenz von Bild und Idee, an das Hinausragen dieser über jenes erinnert werde. (Ebend. S. 21). Zwischen beiden Auffassungen bleibt ein principieller Unterschied.

In dem Aufsatz: „Ueber das Pathetische[1]" nennt Schiller als letzten Zweck der Kunst die Darstellung des Uebersinnlichen. Die tragische Kunst bewerkstelligte dies dadurch, dass sie uns den moralischen Widerstand gegen den Affekt versinnliche.

Müssen wir auch den moralischen Gegensatz als etwas Positives bezeichnen, so werden wir doch nicht irre gehen, wenn wir Schiller vorwerfen, dass er nur das negativ Pathetische behandelt habe. Er spricht nur von dem Kampfe mit dem Affekt, hebt aber nicht hervor, dass auch Affekt sich dem moralischen Widerstand beigesellen kann. Kant hatte hierin schon einen Fingerzeig gegeben, da er den Enthusiasmus für die Idee des Guten mit Affekt erklärte.[2] Die

---

[1] B. XI, S 383.

[2] Vgl. Vischer §. 110, wo bereits auf dieses Verhältniss hingewiesen ist.

schmelzenden Affekte schliesst Schiller ebenso wie Kant aus und hält auch alle höchsten Grade unter der Würde tragischer Kunst. „Das Pathetische ist nur aesthetisch, insofern es erhaben ist." (XI, S. 389.)

Einen grossen Theil der Schrift nimmt die Untersuchung in Anspruch, wie das moralische vom aesthetischen Wohlgefallen zu unterscheiden sei. Kant erklärt kurzweg in Bezug auf den Enthusiasmus, dass er, da jeder Affekt blind sei und eine Bewegung des Gemüths hervorrufe, welches unvermögend mache, freie Ueberlegung der Grundsätze anzustellen, um sich danach zu richten, auf keinerlei Weise ein Wohlgefallen der Vernunft verdiene, aesthetisch gleichwohl erhaben sei, weil er eine Anspannung der Kräfte durch Ideen sei. Schiller giebt den Unterschied so: „Ein erhabenes Objekt bloss in der aesthetischen Schätzung ist schon derjenige Mensch, der uns die Würde der menschlichen Bestimmung durch seinen Zustand vorstellig macht, gesetzt auch, dass wir diese Bestimmung in seiner Person nicht realisirt finden sollten. Erhaben in der moralischen Schätzung wird er nur alsdann, wenn er sich zugleich als Person jener Bestimmung gemäss verhält, . . . wenn nicht blos seiner Anlage, sondern seinem wirklichen Betragen Würde zukommt [1]). Dem können wir im Ganzen beistimmen; wenn es dagegen heisst: „Aus diesem allen ergiebt sich denn, dass die moralische und aesthetische Beurtheilung, weit entfernt, einander zu unterstützen, einander vielmehr im Wege stehen, weil sie dem Gemüth zwei ganz entgegengesetzte Richtungen geben [2]); denn die Gesetzmässigkeit, welche die Vernunft als moralische Richterin fordert, besteht nicht mit der Ungebundenheit, welche die Einbildungskraft als aesthetische Richterin

---

[1]) Sch. W. XI, S. 403.

[2]) Vgl. „Ueber den moral. Nutzen aesthet. Sitten": „In aesthetisch verfeinerten Seelen ist noch eine Instanz mehr, welche nicht selten die Tugend ersetzt, wo sie mangelt und da erleichtert, wo sie ist. Diese Instanz ist der Geschmack. Der Geschmack befreit das Gemüth . . . und indem er den ersten und offenbaren Feind der sittlichen Freiheit entwaffnet, bleibt er selbst nicht selten als der zweite noch übrig." Sch. W, S. 274.

verlangt;" (Sch. W. XI, S. 409) so kann man wohl zugeben, dass aesthetisches Wohlgefallen die Strenge der moralischen Beurtheilung leicht beeinflusst; dass ferner der tragische Held nicht ein blosses Opfer des Schicksals sein darf, sondern an einem Fehl zu Grunde gehen muss; dass sich aber moralische und aesthetische Beurtheilung im Wege stehen müssten, ist nicht zuzugeben, man denke nur an das Tragische bei Vischer; und sollte z. B. Sokrates, als sittliches Ideal in einer Tragödie, nicht moralisch und aesthetisch zugleich befriedigen können? Schillers Motivirung endlich ist durchaus nicht stichhaltig. Kennt doch schon Kant eine Vereinigung des Moralischen und Aesthetischen: „Aber selbst Affektlosigkeit eines seinen unwandelbaren Grundsätzen nachdrücklich nachgehenden Gemüths ist, und zwar auf weit vorzüglichere Art erhaben, weil sie zugleich das Wohlgefallen der reinen Vernunft zur Seite hat." (Anm. § 29.) Doch scheinen andere Bemerkungen bei Schiller eher das Richtige zu treffen z. B.: „Selbst von den Aeusserungen der erhabensten Tugend kann der Dichter nichts für seine Absichten brauchen, als an denselben der Kraft gehört," (Sch. W. XI, S. 409) . . . und ferner: „In aesthetischen Urtheilen sind wir nicht für die Sittlichkeit an sich selbst, sondern blos für die Freiheit interessirt, und jene kann nur insofern unserer Einbildungskraft gefallen, als sie die letztere sichtbar macht." (Sch. W. XI, S. 313.) Immerhin bleibt auch hier noch Manches unbeantwortet. [1]) Weiter heisst es: „Dort (Moral) stellen wir das sinnlich beschränkte Individuum und pathologisch-afficirbaren Willen dem absoluten Willensgesetz und der unendlichen Geisterpflicht, hier hingegen stellen wir das absolute Willensvermögen und die unendliche Geistergewalt dem Zwange der Natur und den Schranken der Sinnlichkeit gegenüber." Vielleicht ist es auch richtig zu sagen: wir stellen uns das erhabene Subjekt so unendlich vor, dass es dem absoluten Willensgesetz Genüge leisten könnte. Wie das erhabene Objekt der Natur sich zum sinnlichen All, so

---

[1]) Vgl Vischer § 137—139.

scheint das erhabene Subjekt sich zum geistigen All zu erweitern. Auf diese Weise würde eine Vereinigung der beiden obigen Bestimmungen möglich sein. Doch gilt dies nur für gewisse Stufen. Dass Schiller dies nicht streng im Auge behalten hat, scheint daran Schuld zu sein, dass man den Eindruck gewinnt, als ob Manches sich widerspreche. Es ist schon von Schasler darauf hingewiesen § 327; wir können ihm nur beistimmen, wenn er sagt: „Was Schiller reflektirend über den Gegensatz zwischen aesthetisch und moralisch beibringt, kann nur wenig befriedigen, desto mehr aber seine praktischen Folgerungen daraus, oder vielmehr nicht daraus" (S. 641).

Auch in der Abhandlung: „Ueber den Grund des Vergnügens an tragischen Gegenständen" sucht Schiller jene Bestimmungen festzustellen. Das Bemerkenswerthe ist schon von Schasler (§ 327) hervorgehoben. Ich will nur erwähnen, dass, wenn Schiller sagt: „Nie darf es uns lebhaft werden, dass dieser Richard III., dieser Jago, dieser Lovelace Menschen sind; sonst wird sich unsere Theilnahme unausbleiblich in ihr Gegentheil verwandeln", wir darin Grund finden, Vischer beizustimmen, wenn er behauptet, dass Schiller in Wahrheit nur das subjektiv Erhabene behandele; (§ 113) denn sonst hätte er von einer letzten Zweckmässigkeit, welche er selbst andeutet, sprechen müssen, welche über den Bösewicht hereinbrechen kann, und die uns am Schlusse versöhnt und unser Gefühl bei Betrachtung des Bösewichts stetig begleitet. Aehnlich spricht er in der Abhandlung: „Ueber die tragische Kunst": „Ein Dichter, der sich auf seinen wahren Vortheil versteht, wird das Unglück nicht durch einen bösen Willen, ... sondern durch den Zwang der Umstände herbeiführen. Entspringt dasselbe nicht aus moralischen Quellen, sondern von äusserlichen Dingen, die weder Willen haben, noch einem Willen unterworfen sind, so ist das Mitleid reiner." (Sch. W. XI, S. 442.) Man vergleiche hiermit die dritte Form des Tragischen bei Vischer (§ 139).

Schiller hat durch diese und ähnliche Aeusserungen, wie: „in aesthetischen Urtheilen sind wir blos für die Freiheit

interessirt" sich neben anderen den Vorwurf zugezogen, dass
er sich ein Ideal tragischer Darstellung construire, dem eine
ganze flache und rohe Auffassung des Schicksals entspreche.[1]
Zur Bestätigung wird Solger angeführt: „In der Tragödie
nun, meinte man, sei der Andrang einer rohen Naturgewalt
gegen die Freiheit des Willens geschildert. Es ist dies eine ganz
prosaische Ansicht. Die Freiheit des Willens beruht danach
bloss auf der Erscheinung, dass wir selbständige Wesen sind,
die wollen können. Unser moralischer Werth liegt vielmehr
darin, dass wir alles Wirken in uns als Wirken der Idee,
des Göttlichen ansehen." Durch den unmittelbaren bewussten
Ausdruck Schiller's erscheint im Ganzen zwar der Mensch vom
Schicksal losgelöst und auf sich allein gestellt, so dass alles,
was sich seiner moralischen Freiheit entgegenstellt, nur das
Recht habe, zertreten zu werden; allein im Sittengesetz ist
ja wenigstens der Sache nach ein Zusammenhang mit dem
Absoluten gegeben Und wenn K. Fischer sagt[2]): „Tragisch
ist der Mensch, der seiner Pflicht die Neigung, seinem sittlichen Zwecke sich selbst aufopfert", so liegt darin implicite,
dass der seinem sittlichen Zwecke sich aufopfernde Mensch
etwas über sich (das Sittengesetz, das Absolute) anerkennt.
Aber man lese nur folgende Stelle: „Aber auf der höchsten
und letzten Stufe, welche der moralisch gebildete Mensch
erklimmt, und zu welcher die rührende Kunst sich erheben
kann, löst sich auch dieser, und jeder Schatten von Unlust
verschwindet mit ihm. Dies geschieht, wenn selbst diese
Unzufriedenheit mit dem Schicksal hinwegfällt und sich in
die Ahndung oder lieber in ein deutliches Bewusstsein einer
teleologischen Verknüpfung der Dinge, einer erhabenen Ordnung, eines gütigen Willens verliert. Dann gesellt sich zu
unserem Vergnügen an moralischer Uebereinstimmung die
erquickende Vorstellung der vollkommensten Zweckmässigkeit
im grossen Ganzen der Natur, und die scheinbare Verletzung
derselben, welche uns in dem einzelnen Falle Schmerzen

---

[1] Helmsen S. 21.
[2] Kuno Fischer: Schiller als Philosoph, S. 53.

erweckte, wird bloss ein Stachel für unsere Vernunft, in allgemeinen Gesetzen eine Rechtfertigung dieses besonderen Falles aufzusuchen, und den einzelnen Misslaut in der grossen Harmonie aufzulösen." (Ueber die tragische Kunst, XI, S. 444).

Die Hauptfragen, welche wir am Schluss des ersten Abschnittes hervorhoben, bleiben auch bei Schiller noch offen. Zwar geschieht ihrer Erwähnung in einzelnen Andeutungen, und sie werden auch beantwortet — ich erinnere nur an das Idealschöne und an die Schlussstelle — aber die Antwort kam verfrüht, sie kam vom Genius, nicht von der Wissenschaft. Ich will nicht darüber streiten, ob überhaupt auf kritischer Grundlage die Tragoedie eine im ganzen befriedigende Lösung finden konnte, was von vielen Seiten bezweifelt wird, mir aber nicht unmöglich erscheint; soviel ist gewiss: Schiller hat sie als Kantianer nicht gegeben, er hat sie als genialer Denker geahnt. Und darin liegt sein hauptsächlichstes Verdienst, darin sein Fortschritt über Kant, dass er überall Samenkörner ausgestreut hat, die späteren Geschlechtern ihre Früchte brachten.

III.

Vischer baut die metaphysische Grundlage seiner Aesthetik auf den Principien Hegel'scher Philosophie auf und wendet in der Durchführung seines Systems die dialektische Methode an. Er schickt in seiner Einleitung voraus, dass das Schöne weder theoretisch noch praktisch, sondern beides zugleich ist, also über diesen Gegensätzen steht: es hat seinen Platz in der Sphäre des absoluten Geistes. Dieser theilt sich selbst wieder dreifach: nämlich in Kunst, Religion und Philosophie, oder wie Vischer von Hegel abweichend will: in Religion, Kunst und Philosophie. Diese Aufeinanderfolge ergiebt sich so: „Der absolute Geist wiederholt die Theilung in Subject und Object, aber so, dass das Object das eigene, selbsterzeugte Gegenbild des vom absoluten Gehalte durchdrungenen Subjects ist;" je vollkommener nun das Gegenbild dem absoluten Gehalte des Subjects entspricht, und je freier das Subject seinem Object gegenüber steht, um so höher die Stelle in dieser Rangordnung.

In der Religion wendet sich das Subject, unbefriedigt von der Einseitigkeit und Disharmonie des Endlichen zum Uebersinnlichen. Diese Erhebung tritt zunächst auf in der Form des religiösen Gefühls. Hier ist das Gegenbild wesentlich ein inneres, es bleibt mit dem Subjecte verwachsen und kommt nicht zu klarer Gestaltung; es soll das Unendliche sein und ist doch nur das Subject selbst.

In der Kunst hingegen gestaltet sich das Gegenbild konkreter; dadurch scheint es zwar mehr in die Sinnlichkeit gerückt zu sein und niedriger zu stehen als in der Religion, aber in dieser war ja auch der absolute Gehalt verendlicht; dadurch vielmehr, dass das Subject das Gegenbild klarer und schärfer von sich ablöst, erkennt es sich als den Urheber und sieht in dem Bilde, wenn auch nicht voll und ganz, seinen absoluten Gehalt objectivirt. Die Unklarheit, in welcher in der Religion das Absolute erschien, liess den Schein bestehen, als ob das Gegenbild das Absolute sei; durch die Klarheit aber, mit welcher die Kunst das Absolute versinnlicht, wird offenbar, dass dasselbe im Kunstwerke nicht erschöpft ist, nur dadurch wird dem Denken die Bahn eröffnet, hinter dem Schein das Wahre zu suchen. Und hier vermittelt sich der Uebergang zur Philosophie.

Es ist die Aufgabe der Metaphysik des Schönen, den Begriff des Schönen in seiner reinen Allgemeinheit zu entwickeln. Dieser reine Begriff mit seinen nothwendig zusammengehörigen Momenten, zwar in seiner Reinheit eine Abstraction der Wissenschaft, bildet den Grund und Inhalt seines objectiven Daseins.

Das einfach Schöne.
§ 10—14.

Die absolute Idee bildet den Ausgangspunkt. Die absolute Idee ist die Einheit aller Gegensätze, welche in dem Gegensatze von Subject und Object gipfeln. Die höchste Einheit des Subjects und Objects ist auf keinem einzelnen Punkte der Zeit und des Raumes wirklich; die absolute Idee hat nur Wirklichkeit in einem endlosen Bewegungsprocess und im zusammenfassenden Geiste des Denkenden. Dies gilt auch von den einzelnen Ideen, in welche die absolute Idee sich auseinanderlegt.

„Das Gesetz des Ausgangs vom Unmittelbaren zum Vermittelten, welches alle Sphären des Geistes beherrscht, fordert mit Nothwendigkeit, dass auch die absolute Idee, welche in entsprechender Wahrheit nur durch die Vermittelung des Denkens zu begreifen ist, zuerst in der Form der Unmittelbarkeit oder der Anschauung vor dem Geiste auftrete."

’ Unmittelbar war zunächst die Religion und ihr gegenüber der Standpunkt der Schönheit schon ein vermittelter. Mit der Philosophie verglichen, erscheint hingegen die Kunst als unmittelbar, und dieses Verhältniss wird hier zunächst betont.

Obigem Gesetz entsprechend erzeugt sich dem Geiste der Schein, dass ein Einzelnes in der Begrenzung von Raum und Zeit Daseiendes seinem Begriffe schlechthin entspreche, dass also in ihm zunächst eine bestimmte Idee und dadurch mittelbar die absolute Idee vollkommen verwirklicht sei.“ Es ist Schein insofern nichts Wirkliches seinem Begriffe schlechthin entspricht, es ist aber nicht blosser Schein, insofern die absolute Idee sich in der Gesammtheit der Erscheinungen verwirklicht; „es ist inhaltsvoller Schein oder Erscheinung. Diese Erscheinung ist das Schöne. Es ist ein sinnlich Einzelnes, das als reiner Ausdruck der Idee erscheint, so dass in dieser nichts ist, was nicht sinnlich erschienen und nichts sinnlich erscheint, was nicht reiner Ausdruck der Idee wäre. Es unterscheiden sich also drei Momente: die Idee, die sinnliche Erscheinung und die reine Einheit beider.“

A. Die Idee.
(§ 15 — 29).

Die Idee, welche im Schönen dargestellt wird, ist immer eine bestimmte. Auch die Religion kann der Kunst das höchste Ideal nur durch Trennen in Besonderheiten: Götter oder Mehrzahl von Personen in der Gottheit, Engel u. s. w. übermitteln, denn die konkreten Gestalten der Kunst können Allgemeines nur im Besonderen darstellen. Jede bestimmte Idee hat Theil an der absoluten Idee, also wird das einzelne Schöne mittelbar auch von der absoluten Idee durchdrungen. Die Idee ist streng zu unterscheiden vom abstrakten Begriff. Abstrakte Begriffe heben bloss Momente hervor, drücken einzelne Beziehungen aus, erschöpfen aber nicht ein selbstständiges, lebendiges Wesen. Erst die Idee, in welcher alle Widersprüche aufgehoben sind, ist Einheit von Natur und

Geist und als solche Urquell des Lebendigen. Das Schöne, dem die Idee wesentlich ist, beginnt erst im Reiche des Lebens.

Idee ist Gattung ($\varepsilon\tilde{\iota}\delta o\varsigma$) im objectiven Sinne. Ihre Verwirklichung bildet eine Stufenfolge vom Niederen zum Höheren, sie beginnt mit Wesen, in denen die bewusstlose Natur wirkt und endigt mit dem selbstbewussten Menschen. Je näher eine Stufe der Menschheit, desto grösser die Schönheit; der tiefste Gehalt des Schönen zeigt sich in der selbstbewussten Persönlichkeit des Menschen, auf ihn als auf das Endziel weisen die vorhergehenden Stufen hin.

Die einzelne Persönlichkeit tritt aus ihrer Grenze heraus und vereinigt sich mit Anderen, um gemeinsam die sittlichen Zwecke des Geistes zu realisiren. Die Ideen, die grossen sittlichen Mächte in dieser Gemeinsamkeit, können insofern noch Gattungen genannt werden, als sie sich zu engeren Sphären — den einzelnen Ständen und Persönlichkeiten — als ihren Arten besondern. Auf höchster Stufe stellt sich also die Idee, als der sich verwirklichende sittliche Zweck, als das Gute dar, und das Schöne fällt somit seinem Gehalte nach mit dem Guten zusammen.

Das Schöne soll diesen höchsten Gehalt in einem Einzelnen zur unmittelbaren Anschauung bringen. Nun scheint es, als ob die Religion ihr diesen Gehalt schon geformt übermitteln könnte. Die Religion glaubt zwar in Gott oder Göttern, überhaupt in einzelnen Wesen die Idee konkrescirt zu besitzen; aber indem sie diesen Wesen Eigenschaften, wie unzeitlich, allgegenwärtig u. s. w. beilegt, hebt sie dieselben als Einzelne auf. Religion und Schönheit sind verwandt, indem beide die absolute Idee als in einem Einzelnen verwirklicht zu besitzen scheinen. Stoff empfängt das Schöne von der Religion, indem sie das Geglaubte nicht als bereits geformten Gegenstand, sondern als Motiv zur Darstellung erhält. Versteht man ferner unter Wahrheit den reinen Gehalt der sich verwirklichenden Idee selbst, abgesehen von seinem Erfasstsein durch abstrakte Begriffe, so fällt das Schöne mit dem Wahren zusammen.

Demnach ist bis jetzt das Schöne mit der Religion, dem Guten, dem Wahren identisch.

B. Das Bild.
(§ 30 — 40.)

Ein Unterschied wird eintreten, wenn das Schöne die früher aufgestellte Forderung erfüllt: die Idee in einem sinnlichen Einzelwesen erscheinen zu lassen. „Dies Wesen heisst Bild im Sinne eines Gebildes, das ein Individuum der je im vorliegenden Falle den Gehalt des Schönen abgebenden bestimmten Idee oder Gattung ist." Die Zufälligkeit bei der Entstehung und im Leben der Individuen bedingt eine unendliche Verschiedenheit der Individuen einer und derselben Gattung. Daraus folgt, dass man keine bestimmte Regel als Masstab für die Schönheit von Induviduen abziehen kann, vielmehr wird es wesentlich sein, die specifische Art festzustellen, in welcher Gattung uud Zufall sich im schönen Induviduum durchdringen.

C. Die Einheit der Idee und des Bildes.
(§ 41 — 69.)

Um die Nothwendigkeit der Aufhebung der Zufälligkeit zu begreifen, muss zuerst das Verhältniss zwischen der Idee und dem der Gattung angehörenden Individuum erörtert werden. Dem reinen Begriff nach ist die Einzelheit der erfüllte Inbegriff des Allgemeinen und Besonderen; sie stellt die Gattung dar durch die Mitte des Besonderen. Diese Verwirklichung im empirischen Stoff bedingt zwar Trübungen, die selbst bis zu blinder Vernichtung führen, doch werden diese Störungen im ewigen Verlaufe wieder aufgehoben durch eine unendliche Ergänzung. Diese Art der Aufhebung genügt aber dem Schönen, das die Wirklichkeit der Idee in einem Einzelnen fordert, nicht, es muss vielmehr der unendliche Verlauf als in einem Punkte zusammengedrängt erscheinen, so dass sich uns gleichsam ein Zukunftsbild der Vollkommenheit darstellt. Dieses vollkommene Individuum wird also dem störenden Zufall enthoben erscheinen und zwar, indem es nicht seiner inneren Struktur und Mischung nach, sondern nur nach seiner Totalwirkung, wie sie auf der Oberfläche erscheint, in Betracht kommt. „Es kommt nur darauf an, wie der Körper aussieht, er ist umgewandelt in reinen Schein;" er ist reines Formwesen.

Hieraus folgt auch der Unterschied zwischen dem Schönen und Guten. Dem Guten ist das Sollen wesentlich, die Idee ist fortwährend thätig im widerstrebenden Stoff sich durchführen; im Schönen aber erscheint die allgemeine Harmonie als vollendet in einem Einzelnen. Ferner wird jetzt auch der Unterschied des Schönen von der Religion deutlich: In der Religion konnte das Subject die Vorstellung seines Objects nichts klar von sich ablösen, es war durch das Gefühl eng mit ihm verwachsen; „der Schein in der Religion ist ein unfreier." Blieb hier der Widerspruch bestehen, dass ein Einzelnes absolut sei, so macht das Schöne diese Verwechslung unmöglich, indem es seinen Gegenstand sich scharf begrenzt gegenüber hat. Der Schein im Schönen ist ein freier.

Was nun schliesslich das Verhältniss zwischen dem Schönen und Wahren betrifft, so ergiebt sich aus dem Bisherigen, dass das Wahre, im obigem Sinne, darum noch nicht schön ist, das Wahre aber, in dem engeren Sinne von Erkenntniss, ist nicht schön.

Der subjective Eindruck des Schönen.
(§ 70 — 81.)

Es liegt in dem Begriffe Erscheinung, dass sie für Jemand da ist; also wird das Schöne geschaut und zwar von einem Subjecte. In diesem ist das Sinnliche, was reine Form des schönen Gegenstandes war, als Organ vorhanden. Zuerst wird der Gegenstand sinnlich erfasst, aber bald eilt der Geist der Idee, welche aus der Erscheinung spricht, entgegen, und so ist das Sinnliche die reine Mitte, welche harmonisch von dem Geiste des Objects und Subjects durchdrungen wird.

Das Schöne im Widerstreit seiner Momente.
(§ 82 — 83.)

Wie in jeder wahren Einheit der Gegensatz sich geltend macht, so tritt auch innerhalb des Schönen ein Gährungsprocess ein, indem die Idee, als die wesentlich selbstständige Seite des Ganzen, aus der ruhigen Einheit mit dem Bilde heraustritt und diesem, als dem Endlichen, ihre Unendlichkeit entgegenhält. Dieser erste Widerstreit ist das Erhabene.

A. Das Erhabene.
(§ 84 — 88.)

Im Erhabenen tritt die Idee in ein negatives Verhältniss zur Gegenständlichkeit und scheint dadurch sich in das Absolute zu verlieren, dem gegenüber jede unmittelbare Existenz als nichtig verschwindet. „Allein die Idee ist nur in ihren Individuen als vollendet zur Erscheinung gebracht. Daher ist im Erhabenen das Eine Individuum zugleich als wesentliche Erscheinung der Idee und zugleich verschwindend gegen ihre Allgemeinheit gesetzt: Dies ist ein Widerspruch und dieser Widerspruch ist das Erhabene." Um die Uebermacht der Idee zu erkennen, muss ein Vergleich möglich sein mit umgebenden Gegenständen, in denen Idee und Erscheinung noch in ruhiger Einheit sind. Tritt der Fall ein, dass die umgebenden Gegenstände gegen die in dem schlechthin gross erscheinenden Gegenstande wirkende Idee verschwinden, während der erhabene Gegenstand noch ein ausreichender Träger für die Idee zu sein scheint, so ist dies das positiv Erhabene, verschwindet aber auch der erhabene Gegenstand trotz seiner Grösse gegen die Idee, so haben wir das negativ Erhabene. Eigentlich ist aber auch die Negation in der ersten Form. Das Erhabene ist ein Akt der thätigen Idee, welche ihre Macht nicht nur auf die Umgebung erstreckt, sondern auch die Grenzen ihres Trägers als eines sinnlich Begrenzten selbst ausdehnt und zwar soweit, dass sie die Idee nicht mehr fassen können, wodurch die zweite Form eintritt.

Was den obigen Widerspruch anlangt, dass das Erhabene im Begrenzten bleibe und doch auch darüber hinausgehe, so stellt er sich in der erhabenen Erscheinung dar, indem diese der Form theilweise folgt und doch so abweicht, dass sie in das Unbestimmte zu verschwinden scheint; oder aber indem sie die Form im Ganzen beibehält, aber so, dass die untergeordneten Einzeltheile verschwinden. Hier muss noch das Verhältniss zur Umgebung kommen, da sonst derselbe Gegenstand noch schön genannt werden könnte. „In beiden Fällen aber ist der Gegenstand dunkel und Dunkel ist Merkmal aller Erhabenheit."

In der Lehre vom Schönen war nicht unterschieden zwischen sinnlicher und geistiger Schönheit, im Erhabenen aber stehen diese Gegensätze negativ gegen einander, und es ist ein Erhabenes der Natur und des Geistes zu unterscheiden.

a. Das objectiv Erhabene.
(§ 89—90.)

Es könnte fraglich erscheinen, ob es überhaupt ein objectiv Erhabenes gäbe, da doch das negative Verhältniss der Idee zur Erscheinung erst durch das scheidende Selbstbewusstsein aufgefasst wird; aber es ist zu beachten, ob der Geist das Erhabene in die Erscheinung der Natur hineinlegt oder schon dort findet. „Es ist also der vorhandene Schein, als ob ein Erhabenes ausser dem selbstbewussten Geiste sei, zuerst einfach festzuhalten."

„Alle Erhabenheit ist, mit dem Schönen verglichen, quantitativ. Es folgt zwar allerdings aus dem Wesen des Schönen, dass nicht die abstrakte Kategorie der Ausdehnung, sondern nur das Ausgedehnte von aesthetischer Wirkung sein kann; allein sobald die Qualität als solche in der aesthetischen Erscheinung sich geltend macht, so entsteht eine andere Form der Erhabenheit; die erste und unmittelbarste aber ist die im engeren Sinne quantitative Erhabenheit, wobei die Qualität nur beiläufig mitwirkt."‘

α. Das Erhabene des Raums.
(§ 91—92.)

Die einfachste Form des quantitativ Erhabenen ist die Form des Ausser- und Nebeneinanderseins: der Raum. Das Erhabene des Raums ist entweder positiv oder negativ. Positiv, wenn der erhabene Gegenstand die umgebenden an Grösse übertrifft und ausserdem einem Versuche ihn zu messen widersteht, indem beim Fortschreiten des Messens die Zusammenfassung der Auffassung nicht folgen kann und zwar so, dass, was an neu aufgefassten Theilvorstellungen sich ansetzt, auf der anderen Seite verloren geht, wodurch der Gegenstand sich in's Unendliche zu dehnen scheint. Den Uebergang zum negativ Erhabenen bildet der Fall, wo ein Raum von Gegenständen erfüllt ist, deren Zahl unfassbar zu sein scheint. Sie wächst gleichsam immer fort und mit ihr der Raum scheinbar in das Unendliche. Dagegen nun scheint jeder bestimmte Raum zu verschwinden; durch welchen Widerspruch die ganze Kategorie der Räumlichkeit sich aufhebt. Doch darf dieser Widerspruch noch nicht als solcher zum Bewusstsein kommen. Das Gefühl der Nichtigkeit findet erst sein wahrhaftes Correlat in der Anschauung der eigentlich negativen Form des räumlich Erhabenen, der Leere. Sie wirkt theils drohend, „indem wir fürchten ein Unbekanntes aufsteigen zu sehen, das dem Raume angehört und doch nicht", theils traurig, dass vergangen ist, was den Raum erfüllte; die Phantasie treibt ihr Spiel, sie lässt Geschlechter gehen und kommen, was da war, wird zur Geschichte, es bahnt sich der Uebergang zu

β dem Erhabenen der Zeit.
(§ 92—94.)

Positiv erscheint es, wenn ein Gegenstand so lange gedauert hat und dauern kann, dass sein Anfang und Ende in so ungewisse Fernen verschwinden, dass er unendlich erscheint. Wird aber das Gefühl erweckt, dass auch ein solcher vergänglich sei, so tritt die negative Form ein; auch das Dauerndste verhallt wie ein Ton in der unendlichen Zeit.

Diese Nichtigkeit treibt das Gefühl, etwas zu suchen, was im Raume und der Zeit über beiden ist und findet

γ. Das Erhabene der Kraft.
(§ 95 – 102.)

Die Kraft dehnt sich aus in ihren Organen und erfüllt den Raum; indem sie sich aber wesentlich als Bewegung äussert, überwindet sie den Raum in der Zeit, der sie jedoch frei gegenüber steht, indem sie im Wechsel beharrt.

Ueberragt ein Gegenstand die umgebenden so an Kraft, dass trotz seiner Begrenztheit ein vergleichendes Messen seine Kraft nicht erschöpft, wodurch sie in das Unendliche wächst, so heisst er dynamisch erhaben. Die Vorstellung, dass sich die Kraft einmal vernichtend für die Umgebung und den Vorstellenden äussern könnte, wirkt aesthetische Furcht.

Die Qualität, die in das Quantitative aufgenommen ist, äussert sich aufsteigend zu verschiedenen Graden der Intensität, und dadurch wird ein verschiedenes Verhältniss der Kraft zu ihrem Organ bedingt: auf der untersten Stufe wirkt die Kraft des Stosses, und ist hier die quantitative Bestimmung der Masse wesentlich; auf einer höheren Stufe wohnt die Kraft im Organ, engverbunden mit der Masse, doch ist ihre Aeusserung nicht wesentlich durch die Grösse der Masse bedingt, immer aber ist es rückhaltslos wilde Bewegtheit; (das feurige Kampfross) „auf einer dritten Stufe sammelt sich die Kraft intensiv in der Tiefe und stellt sich sogar in ein umgekehrtes Verhältniss zu ihrem Organ, die Qualität überwiegt die Quantität;" (kleines Organ und starke Wirkung z. B. Giftzahn der Schlange) doch liegt die Intensität blos im Organe, ist noch nicht eine bewusste zurückgehaltene Kraft.

Das Verhältniss der Kraft zu ihrem Organ äussert sich nun auch in der Form auf doppelte Weise: „Entweder nämlich durchbricht die Kraft die Harmonie der Form, sei es, dass die ganze Gattung, sei es, dass ein Individuum der Gattung durch überwiegende Ausbildung der Kraft in einzelnen Gliedern ein Missverhältniss der Formen darstellt, wodurch einzelne derselben aus der ihnen durch das Ganze angewiesenen Unterordnung heraustreten und so die Einheit des Gebildes verkehren. Dies ist hässlich, und das hässliche ist im Schönen zulässig, wenn es furchtbar ist. Oder aber die Formen bewahren zwar ihre Harmonie, offenbaren aber, sei es durch den Ausdruck der Intensität, sei es durch proportionirte Ausdehnung, ausserordentliche Kraft." Die Aeusserung der Kraft braucht nicht immer in unmittelbarer Wirkung sich zu erschöpfen, sie kann auch an sich halten und, durch Pausen unterbrochen, wirken. Bei jedem Stoss steigt die Erwartung höher, es ist ein Gefühl, als ob die grösste Wirkung durch eine noch grössere aufgehoben werden könnte. Dies ist schon eine Bewegung zum Negativen hin, welches eintritt, wenn eine Kraft durch eine noch grössere zerstört wird. Nach der Zerstörung tritt Stille ein. Die hinterlassenen Spuren lassen eine Kraft ahnen, welche sich erneuern könnte, so dass nichts mehr verschont bliebe bei ihrem blinden Ausbruche. Auch Stille vor dem Ausbruche, wenn sie eine ungeheure Wirkung ahnen lässt, gehört hierher Bei diesen Erscheinungen kommt das Gefühl über den Zuschauer, dass trotz ihrer Unendlichkeit die Kräfte endlich sind; es muss etwas sein, was über ihnen steht: „die Stille und Ruhe ist das Besinnen sowohl der Kraft als auch des Zuschauers auf sich. Zugleich mit der Kraft heben sich aber, weil sie in ihr als aufgehoben enthalten sind, alle Formen des objektiv Erhabenen auf." Das Subjekt wird inne, dass es seine Unendlichkeit den Gegenständen untergeschoben hat, nicht mehr Raum, Zeit und Kraft ist das Erhabene, sondern es selbst.

b. *Das Erhabene des Subjekts.*
(§ 103 — 104.)

So ist das objektiv Erhabene negirt vom Subjekt. Dieses ist jetzt, obgleich endlich in der Erscheinung, doch wahre Unendlichkeit, indem es sich als ideelle Einheit des Ich setzt; es handelt und äussert sich nach aussen und bleibt doch immer bei sich. Unter seinen Thätigkeiten fällt nur der

Wille in das Gebiet des Erhabenen, die Intelligenz bloss insofern, als sie in der Gesinnung und im Handeln Ausdruck findet.

Hat ein Subjekt eine anderen so überlegene Willenskraft, dass sie, obgleich begrenzt, in das Unbegrenzte zu steigen scheint, so erscheint es erhaben. Unendlich ist zwar der Wille in jedem Subjekt, und insofern ist alle Massbestimmung der Quantität aufgehoben, aber die Endlichkeit des Subjekts setzt sich bis in das Unendliche fort und bringt wieder Massbestimmungen herein, die sich zunächst als Naturgrundlage geltend machen. „Allerdings werden diese Unterschiede erst geistig, wenn sie der Wille zu den seinigen erhebt und frei setzt; er kann sie bis an eine Grenze noch überbieten: aber dadurch entstehen neue Massunterschiede." Die Freiheit in der subjektiven Erscheinung könnte schön heissen, wenn der Abstand von der Umgebung nicht wäre.

α. Das Erhabene der Leidenschaft.
(§ 105 — 106.)

Zunächst erscheint das Erhabene des Subjekts in unmittelbarer Form, als Naturkraft. Die Bewegung der Kraft geschieht zwar von innen heraus mit Bewusstsein, aber es kommt nur die blinde Kraftäusserung, abgesehen von ihrem Urheber in Betracht: die Leidenschaft. Sie ist wesentlich furchtbar und das Massenhafte von grosser Bedeutung. Ist sie aber habituell geworden, kann sie zwar auch noch furchtbar erscheinen, aber indem sie Alles auf ein einzelnes Objekt koncentrirt, verliert sie den Boden der geistigen Allgemeinheit, sie erscheint der reinen Freiheit des Willens gegenüber dem Subjekte als Hässlichkeit. Reine Freiheit nun ohne die Fülle der Leidenschaft ist abstrakt, erst ihre beiderseitige Vereinigung wirkt aesthetisch.

β. Das Erhabene des bösen Willens.
(§ 107—109.)

„Falsche Vereinigung dieser Gegensätze entsteht dadurch, dass die Leidenschaft als unmittelbarer Wille des Subjekts verungeistigt in die Form der abstrakten Freiheit erhoben und so der als Princip aufgestellte Eigenwille sich als allgemeiner und vernünftiger Wille behauptet. Diese Umkehrung der geforderten wahren Einheit ist das Böse." Es ist erhaben, wenn die Umgebung machtlos dagegen erscheint. Der Böse steht in erhabener Einsamkeit durch seine Stärke; durch falsche Metaphysik muss er die sinnliche Unterlage seines Handelns zum geistigen Princip zu erheben wissen. Diese Umkehrung kommt in seiner Persönlichkeit und in seinen Werken als wahre Hässlichkeit zur Erscheinung. Die aesthetische Wirksamkeit des Bösen würde aufhören, wenn der logische Grundirrthum seiner Verkehrtheit aufgedeckt würde, oder höchstens aesthetische Geltung behalten im Komischen. Aber die Furchtbarkeit des Bösen lässt den Zuschauer nicht zu dieser Betrachtung kommen, und unter dieser Bedingung ist die Hässlichkeit im Erhabenen berechtigt.

Wird der scheinbar vollendete Bösewicht von einem noch grösseren zermalmt, so tritt die negative Form des Erhabenen des bösen Willens ein. Die höchste Form der Negativität ist die, wo Ruhe und Stille nach grösstmöglicher Zerstörung noch unendliche Aeusserungen des bösen Willens ahnen lassen. Die Vertiefung in diesen Abgrund zeigt die innere Selbstzerstörung des Bösen und die Nothwendigkeit, dass der Wille des Subjekts sich mit dem allgemeinen und vernünftigen versöhne.

γ. Das Erhabene des guten Willens.
(§ 110—116.)

Stellt das Subjekt seinen Willen in den Dienst des allgemeinen und vernünftigen Willens, so zeigt es guten Willen. Das Subjekt als Einzelnes kann aber nur Eine sittliche Idee aus dem Kreise der allgemeinen sittlichen Idee zum Inhalt seines Strebens machen. Wird diese Idee der leitende Mittelpunkt für das Subjekt, ohne dass es jedoch dadurch an Vielseitigkeit verliert, so wird es dann erhaben zu nennen sein, wenn der Abstand von umgebenden schwächeren Subjekten so gross ist, dass es, obwohl einzelnes Subjekt, sich zum Gesammtsubjekt der Gattung zu erweitern scheint. Das Messen aber der sittlichen Kraft geschieht im Kampfe unterstützt von der Leidenschaft. Der so mit der Leidenschaft vereinigte gute Wille heisst Pathos im positiven Sinne. Objektiv kann das Wort die allgemeinen Mächte bezeichnen, welche ihre Stätte haben in der Menschenbrust.

Die Wirkung des Pathos steigert sich, wenn es mit seinem Ausbruche noch zurückhält durch den verdoppelten Eindruck der Unendlichkeit. Diese negative Form in der positiven stellt sich im Pathos anders dar als im dynamisch Erhabenen, denn als geistige Macht hat das Pathos die Negation in sich und kann sich mit Bewusstsein ihrem Ausbruche entgegenstellen. Hieraus entwickelt sich die wirklich negative Form des sittlich Erhabenen: die scheinbar grösstmögliche sittliche Stärke des Pathos im positiven Sinne wird von einer noch höheren überboten. „Allein die Betrachtung wendet sich jetzt nicht auf das thätige Subjekt in diesem Verhältniss; denn das leitende Subjekt nimmt, da es die Negativität der geistigen Unendlichkeit in sich trägt, durch einen Akt der sittlichen Erhebung die zerstörende Macht mitten im Leiden, das ihm durch sie bereitet ist, in freier Anerkennung in sich herein, und nun mag das Leiden kommen, woher es mag, von der blinden Kraft, von der Leidenschaft, vom schwankenden, bösen, oder sittlich stärkeren Willen, das Subjekt erkennt es als gut an." Aber diese Seite würde uns zum Tragischen führen; verbleibt die Anschauung beim leidenden Subjekte, bei dem in seinem Leiden sich bewährenden sittlichen Willen, so haben wir das negativ Pathetische.

„Der Wille setzt dem eigenen Leiden die Unendlichkeit seiner Freiheit entgegen und wandelt die niederschlagende Bewegung in eine muthige um. Dieser Akt des negativen Pathos theilt sich in zwei Momente." Erstens: Das Leiden muss den ganzen Menschen aufwühlen, wenn das andere Moment seine Macht bewähren soll; zweitens: Die Freiheit bewährt sich, indem sie „dem Gefühl des Leidens seine Grenze setzt und es in Gefühl des Sieges aufhebt. Es kommt nun darauf an, ob die Freiheit gegen den niederschlagenden

Affekt des Leidens selbst einen Affekt erhebender Art zum Beistand hat, oder ob sie ihm in affektloser Strenge ihre abstrakte Unüberwindlichkeit entgegenhält. Die erste Form ist die schwächere, positive des negativ Pathetischen, die zweite die negative und stärkere." Die Festigkeit in Bezwingung des Affekts heisst in ihrer Erscheinung Würde.

Bis jetzt ist das leidende Subjekt betrachtet, es muss nun die Quelle des Leidens in Betracht gezogen werden. Diese blieb oben unentschieden; die Natur der Sache zwingt dazu, sie ausser dem Subjekt in einem anderen stärkeren Subjekt zu suchen. So tritt eine unendliche Steigerung ein, und damit macht sich die Quantitätsbestimmung wieder geltend. Da nun unter Guten durch Selbstüberwindung die Feindschaft getilgt ist, so vereinigen sie sich, um gemeinsam das Sittliche zu vollbringen. Beides aber, sowohl dass über jedes sittlich erhabene Subjekt noch ein höheres vorgestellt werden kann, als auch dass das Gute mit der Anzahl der Subjekte an Macht wächst, zeigt die Begrenzung des Subjekts. „Der Widerspruch der Unendlichkeit und Endlichkeit im Subjekte, der Einzelheit desselben mit der Allgemeinheit seines zwar bestimmten sittlichen Pathos, sowie des letzteren mit dem Inbegriff aller sittlichen Ideen tritt in Kraft, und es wird offenbar, dass das Subjekt in seiner Erhabenheit mehr ist als es selbst."

c. *Das Erhabene des Subjekt-Objekts oder das Tragische.*
(S. 117 — 129.)

Die niedere Form wird zwar als selbstständige beim Uebergang in eine höhere verneint, was aber Wahres an ihr ist, bleibt in seinem Bestand, jedoch nur als ein Mittel für die Thätigkeit der höheren Form. Trotzdem aber besteht die niedrigere Form neben der höheren fort und dient dieser als Sollicitation und Gegenstand. So ist das Erhabene zwar eine Gährung im Schönen, aber dieses geht nicht in jenes über, sondern es besteht ausser ihm als besondere Gestalt, freilich neben dem Erhabenen mit seinem höheren geistigen Gehalt als untergeordnete Form.

Die letzte Form des Erhabenen hat sich in ein Erhabenes aufgehoben, welches im guten Subjekt mehr als Subjekt ist. Es ist das Gemeinsame, was die Subjekte umschliesst und in ihnen thätig ist, die Mängel des einen durch die Vollkommenheit des anderen zu ergänzen. „Es ist eben darum kein einzelnes Subjekt, sondern eine reine, thätige Einheit, welche als unendliche Wechsel-Ergänzung der Subjekte sich als allgemeine Subjektivität oder als absolutes Subjekt ewig erzeugt." Diese Subjektivität, welche als höhere Form die niedere bis zum objektiv Erhabenen und Schönen herab beherrscht, kann sich nicht schlechtweg über ihren Naturgrund erheben, und dieser herrscht zunächst als strenge objektive Nothwendigkeit. Auf der anderen Seite aber herrscht in der Freiheit der Einzelnen, wie sie sich über den objektiven Lebensgrund erheben, die absolute Freiheit als eine sittliche Nothwendigkeit. Sie breitet sich in unterschiedene Kreise des sittlichen Lebens aus und bekommt ihren Inhalt, indem sie die Naturtriebe mit der Freiheit des Geistes durchdringt, welche dadurch die Grundlage zu Unterschieden der sittlichen Mächte bilden.

Die beiden Formen der Objektivität vereinigen sich durch einen Prozess der Bewegung zu einer Einheit. Diese unendliche Verkettung stellt sich dar als eine von einem absoluten Gesetz beherrschte Ordnung. Diese Ordnung ist zwar klar als Princip, ist aber nur wirklich in der fortlaufenden Bewegung und dem beschränkten Ausblicke des Einzelnen verborgen, also dunkel.

Schien das erhabene Subjekt sich über sich selbst zu erweitern, so tritt es jetzt als ein Sichselbstbeschränken des absoluten Subjekts auf; von diesem empfängt es seine Erhabenheit, das Subjekt ist sich mit allem Eigenthum seiner Erhabenheit diesem Hintergrunde schuldig. „Dies ist noch unwirkliche Schuld, Urschuld."

Da es nun im Wesen des Subjekts liegt zu handeln, es selbst aber mit der Einzelheit behaftet ist, so stört es die Harmonie der objektiven Nothwendigkeiten, indem es bald auf Kosten der Naturgrundlage seine Freiheit objektivirt, bald die Grenze seiner sittlichen Sphäre innerhalb der objektiven Freiheit überschreitet, also in entgegengesetztem Sinne handelt. Diese Verletzung ist wirkliche Schuld. Da es aber mit dieser bestimmten Beanlagung nicht anders handeln konnte, so ist es in diesem Sinne ebenso sehr unschuldig.

Die Verletzung muss das Subjekt selbst empfinden, denn der Hintergrund, welcher dadurch aufgeregt ist, zieht die Handlung in eine unabsehbare Folgenkette hinein, und die Verletzung rächt sich an dem Ruhestörer. Das Uebel, welches sich überall angesammelt hat, wird aufgestört, dadurch verkehrt sich der sittliche Zweck, das Mass des inneren Leidens des Subjekts ist unendlich.

Dieses ihm widerfahrende Leiden, obwohl innerlich unendlich, kann äusserlich aufhören, so dass das Subjekt sein Werk auszuführen vermag. Anerkennt es nun sein Leiden als Folge seiner Schuld und die Quelle des Leidens als gut, „so reinigt es sich und sein Werk und führt dieses nun nicht mehr nach seinem eigenen Sinne, sondern im Sinne des absoluten Ganzen als Werkzeug desselben durch.“

Das Subjekt kann aber auch sammt seinem Werke dem Leiden unterliegen; doch ist letzteres nicht schlechtweg untergegangen, das Werk als ein objektives überdauert das Subjekt und muss sich im Fortgange seiner Folgen von seiner Vereinzelung reinigen. Kommt nun dem untergehenden Subjekt die Gerechtigkeit seines Leidens und die reinigende Fortdauer seines Werkes zum Bewusstsein, so tritt volle Versöhnung ein, und das Subjekt lebt verklärt in dieser Verewigung fort. „Diese ganze Bewegung heisst das Schicksal oder das Tragische“.

In der ganzen Entwicklung zeigte sich, dass jede Form des Erhabenen über sich hinauswies, bis sie in das Tragische eingiengen. Dieses geht nicht über sich selbst hinaus, die Bewegung des Hinausgehens aber erzeugt sich dadurch, „dass dies absolut Erhabene zuerst den ganzen Boden der auftretenden Erscheinungen als verborgene Macht einnimmt, hierdurch den Schein erzeugt, als wären diese das Subjekt der Erhabenheit, aber dann als hervortretende Macht sie in sich

selbst auflöst .... Das Tragische ist das Letzte, aber es
ist auchdas Erste, denn es ist in allem Erhabenen das Erhabene".

Erkennt das Subjekt seine Erhabenheit als Ausfluss des
Absoluten und sein Leiden als verdient an, so ist es ihm ver-
gönnt, die gute Sache siegreich durchzuführen; doch bleibt
immer noch der Schein bestehen, als sei das erhabene Subjekt
wirklich das Erhabene Die höhere Form tritt erst ein, wenn
die Selbstständigkeit des erhabenen Subjekts wirklich negirt
wird und damit das absolut Erhabene in seiner Majestät
hervortritt.

α. Das Tragische als Gesetz des Universums.
(§ 130.)

Nach dem Gesetz des Aufsteigens vom Unmittelbaren
zum Vermittelten tritt im negativ Tragischen das Sittliche
in einer Form auf, in welcher „die nahe gelegte Möglichkeit
einer Schuld und ihrer Strafe im Grunde bleibt". Das einzelne Subjekt, welches mehr durch äusseren Glanz als durch
Tugend hervorleuchtet, verfällt durch seine Urschuld dem allgemeinen Schicksal.

β. Das Tragische der einfachen Schuld.
(§ 131—134.)

„Das Subjekt überhebt sich, und die Urschuld geht durch
den nothwendigen Akt der Freiheit in wirkliche Schuld über".
Die Schuld ist, wenn zunächst der Wille gut ist, einfach, d.
h. es handelt sich nicht um einen sittlichen Konflikt, sondern
dieses oder jenes sittliche Recht wird vom Subjekte in Folge
seiner Individualität verletzt. Ausser dem guten Willen tritt
nur das Böse noch als Organ und Objekt der Bewegung des
Tragischen in den Vordergrund. Indem das Böse nur seine
bösen Zwecke verfolgt, so ist seine That eine unvermischte,
sie ist einfache Schuld.

Durch die Schuld des tragischen Subjekts werden auch
andere Personen in Mitleidenschaft gezogen, und sie leiden,
da die Schuld einfach ist, scheinbar unschuldig. Aber als
Subjekte dürfen sie nicht reine Objekte der Schuld, blosse

Mittel sein; sie müssen vielmehr durch einen Fehl aus ihrer Tugend heraus dem tragischen Subjekte eine Blösse geboten haben. Leiden sie dafür unverhältnissmässig stark, so liegt entweder die Versöhnung in der nothwendigen Allgemeinheit des Todes, oder aber das Leiden wirkt, namentlich beim entwickelten Charakter, die innere Erhabenheit. Der aesthetische Zusammenhang ist um so einheitlicher, je mehr die Strafe als einfacher Gegenschlag zurückwirkt. Ist die Schuld von unbestimmter Art, aus momentanem Affekt oder Vergessenheit hervorgegangen, so kann die Strafe zufällig sein; ist sie von bestimmter Art, so erscheint die Strafe, welche die verletzten, obwohl nicht völlig unschuldigen Subjekte üben, als gerecht. Ueben sie die Strafe an einem Subjekte, von dem sie nicht verletzt sind, wofür sie ihrerseits wieder leiden müssen, so muss das Bewusstsein des Subjekts das Leiden mit seiner Schuld in Zusammenhang bringen. „Anerkennung des Zusammenhangs zwischen Schuld und Uebel wird immer gefordert; dieselbe kann aber eine freiwillige sein und das Subjekt sogar das äusserste Uebel selbst an sich vollstrecken, oder eine unfreiwillige, welche das Gewissen dem bösen Willen abnöthigt. Ist dieser der Mittelpunkt, so muss die äussere Zerstörung die reine Kehrseite der Selbstzerstörung darstellen".

Die hier im sittlichen Zusammenhange gegebene Aufhebung des Zufalls genügt aber nicht, es muss die Schuld mit dem sittlichen Streben des Hauptsubjekts in einem Punkte zusammenfallen. „So ist sie nicht mehr irgend ein Verhältniss, sondern diejenige sittliche Macht, welche mit der anderen, die der Inhalt jenes Strebens ist, in innerer Einheit stände, wenn dieses Streben nicht schuldig wäre". Es tritt schon eine reinere Form ein, wenn Subjekte, welche schuldig, mit Recht sich an ihrem Verletzer rächen, die höhere Form wird vollständig eintreten, wenn sie bei Ausübung der Strafe auf dieselbe Weise schuldig werden, wie das erste Subjekt.

γ. Das Tragische des sittlichen Konflikts.

(§ 135—139)

„Es rücken nunmehr die den tragischen Vorgang be-
wirkenden Subjekte in ein Verhältniss zusammen, dass sie so
enge bindet, dass kein auffallender Eingriff des Zufalls Raum
hat. Das Bindende ist ... die sittliche Idee als Einheit eines
Kreises sittlicher Mächte". Nach dem aesthetischen Gesetze
der Bewegung werden nun aus diesem Kreise bestimmte sittliche Mächte ausgefordert, welche entweder als Gegensatz
in Einem Subjekte herrschen oder getrennt das Pathos zweier
Subjekte ausmachen. „Unter diesen zwei Mächten steht die
eine im Vorrecht gegen die andere, obwohl auch diese berechtigt ist". Der sittliche Fortschritt nämlich hat ein Recht
veraltete Formen zu zertrümmern, diese aber bestehen zu
Recht, so lange an ihrer Stelle noch keine neuen geschaffen
sind; doch ist das tiefere Recht, weil die sittliche Idee absolute Bewegung ist, auf jener Seite. Die Vertreter nun
dieses Gegensatzes mögen sich ihrer gegenseitigen Berechti-
gung bewusst werden, es kann aber im bestimmten Falle nur
Eins gethan werden. Durch die That des Einen aus seinem
Pathos heraus wird das Pathos des Anderen verletzt und führt
den Gegenschlag. Es thut, wie der erste, Unrecht im Recht,
sie machen sich schuldig und erdulden das unendliche Leiden,
dass geschieht, was sie wollten, aber dass auch geschieht,
was dieses Gewollte verkehrt und aufhebt.

Die Negation ist in dieser Form des Tragischen die
härteste, weil sie in das Innere selbst eindringt; indem aber
nicht der Zufall wirkt, sondern Schuld und Strafe in dem
Verhältniss der einzelnen Subjektivität zur absoluten streng
begründet sind, ist diese Form auch die gerechteste, daher
auch ihre Versöhnung die tiefste. Nach der objektiven Seite
liegt sie darin, dass nicht nur die sittlich geforderten Thaten
geschehen sind, sondern dass sie durch Bekämpfung ihrer Ein-
seitigkeiten sich reinigend ihre Niederlage überleben werden;
nach der subjektiven Seite hin darin, dass die Subjekte in
gerechter Anerkennung ihrer Schuld den Hass der Liebe
opfern. „Sie gehen zwar unter, aber in den sittlichen Ein-

klang, der über ihren Leichen schwebt, ist auch ihr vereinigtes Bild aufgenommen".

Der subjektive Eindruck des Erhabenen.
(§ 140—146.)

War beim Anschauen des Schönen das Subjekt in **ruhiger Einheit**, so tritt beim Anschauen des Erhabenen ein anderes Verhältniss ein. Das zuerst sinnlich auffassende Subjekt wird in seinem Zusammengehen mit dem Gegenstande, da im Erhabenen die Idee negativ gegen das Sinnliche gesetzt ist, zunächst gewaltsam abgestossen. „Nun ist aber die Negation im Gegenstande zugleich Position und zwar nicht nur der Idee, sondern des individuellen Gebildes, das die Idee ebenso sehr enthält, als sie zugleich unendlich über es hinausgeht. Das Subjekt also, weil es im Gegenstande mit eingeschlossen ist, muss sich durch einen zweiten Akt erinnern, dass es selbst, wie dieser, Idee ist, die ihre begrenzte Gestalt setzt und überwindet: so wächst der Geist im Subjekte mit dem Geist im Objekte zusammen, und es entsteht eine durch Unlust vermittelte, also in ihrer Entstehung wesentlich bewegte Lust". Der Eindruck des objektiv Erhabenen kann im Wesentlichen als Furcht bezeichnet werden. Dieser Form des Erhabenen war die wahre Unendlichkeit abgesprochen, sie wurde ihr vom Subjekte geliehen. Diese Täuschung kommt jedoch demselben noch nicht zum Bewusstsein, sondern auch seine wahre, geistige Unendlichkeit erscheint ihm wie eine sinnliche Macht, sie strömt mit dem Gegenstande in Eins zusammengeflossen in's Unendliche fort.

Das Erhabene des Subjekts erregte je verschiedene Gefühle der Unlust. Aus diesen erhebt sich das anschauende Subjekt zu dem Bewusstsein seiner eigenen, wahren Unendlichkeit und schliesst sich mit dem erhabenen Subjekt zusammen.

Das Tragische erregt zunächst durch den drohenden Hintergrund, der hinter dem erhabenen Subjekte steht, eine Furcht allgemeiner Art. Allein diese Furcht bleibt noch in Dunkel gehüllt, da der unendliche Abstand zwischen der sittlichen Macht und dem von ihr durchdrungenen Subject, so lange dieses in dem Glanze seiner Kraftfülle dasteht, nur erst geahnt wird. „Die Unlust, die in der Furcht liegt, schliesst indessen bereits ein Gefühl der Lust in sich, indem sich der Zuschauer zugleich auf die Seite der Kraft schlägt, auf deren Entladung er gespannt ist. — Das Uebel bricht aus, die Furcht geht in Schrecken und Mitleid mit allen ihren Abstufungen über." So lange der Anblick bei dem Missverhältnisse des Leidens zur Schuld verweilt, existirt nur das Gefühl wahrer Unlust; allein im Fortgange verändert sich das Ganze. Die bedrohten Subjecte sind schuldig geworden, indem sie ihr Pathos mit der Einseitigkeit der einzelnen Subjectivität behafteten. Es tritt hervor, dass die sittliche Macht noch einen anderen Boden hat als das Subject; sie ist in der absoluten Idee aufgehoben. Der Zuschauer fühlt mit dem erhabenen Subjecte die allgemeine Schuld und auch das Leiden, und es erfasst ihn absolute Ehrfurcht vor der absoluten sittlichen Macht.

Nun stellt sich der Zuschauer auf Seite des ausübenden absoluten Subjects, und in diesem Gefühle des Zusammenhanges mit dem Absoluten verschwindet auch die Unlust, die als erste Stimmung in der Ehrfurcht liegt. Ist nun auch im angeschauten Subjecte die Anerkennung der Schuld vorhanden und dadurch das innere Leiden überwunden, so verdoppelt sich die Lust beim Anblick dieser Versöhnung. Auch die verletzten sittlichen Mächte werden nicht nur innerlich wieder in Einklang gesetzt, sondern es eröffnet sich auch die Aussicht, dass sie, sich von ihrer Einseitigkeit reinigend, ihren Untergang überdauern werden. Diese volle Lust nach voller Unlust gewährt nur die dritte Form des negativ Tragischen.

Wir haben zum Schluss noch Vischer im Verhältniss zu Kant und Schiller zu betrachten und hervorzuheben, in welchen Punkten er über sie hinausgegangen ist. Den Fortschritt Vischer's aber über jene beiden hinaus hervorheben heisst eigentlich nichts Anderes als das in Worte fassen, was schon in der Kritik über Kant und Schiller zwischen den Zeilen liegt; denn bei unseren Betrachtungen hatten

wir Vischer immer im Auge, und sein System war der **Massstab**, an dem wir massen.

Vischer hat nun vor allen Dingen vor Kant und Schiller
den Vortheil, den ein streng gegliedertes und geschlossenes
System bietet. Das Einzelne liegt hier nicht mehr gesondert
neben einander, sondern es ist an bestimmter Stelle dem
Ganzen ein- und untergeordnet. So haben wir das Schöne
und Erhabene nicht mehr als unvermittelte Glieder neben
einander, sondern sie sind in einer höheren Einheit zusammengefasst. Dadurch ist auch bedingt, dass das Erhabene nicht
bloss subjectiv bestimmt ist, sondern das Subjekt ist als Ausfluss einer allgemeinen objectiven Vernunft gefasst. Hier
ist es erst möglich das Tragische tiefer zu bestimmen. Kant
konnte auf kritischem Standpunkte nicht leicht zu einer
metaphysischen Begründung des Tragischen kommen und hat
überhaupt den Versuch dazu nicht gemacht. Schiller, dem
die Tragödie vor allem am Herzen lag, suchte als Anhänger
Kant's das Tragische zu bestimmnn. Wir sahen aber, dass
er im Grunde nicht über das subjectiv Erhabene hinausging,
wo er es aber that, mussten wir es seinem Genius zuschreiben,
dass er sich der philosophischen Fesseln des Kant'schen
Systems entledigte; doch blieben es nur vereinzelte Aeusserungen. Das Verdienst, das Tragische sicher bestimmt
zu haben, gebührt zunächst Hegel, es ist Vischer's Verdienst,
die einzelnen Formen desselben genauer unterschieden zu
haben. Dieses Lob der schärferen Grenzbestimmung gebührt
ihm auch Kant und Schiller gegenüber; es bedarf dies keines
Beweises, es genügt auf unsere Darstellung zu verweisen,
aus welcher die schärfere und reichere Gliederung der Unter-
abtheilungen des Erhabenen bei Vischer ersichtlich ist.

So haben die Hauptfragen, welche Kant und Schiller
offen gelassen hatten, bei Vischer ihre Beantwortung gefunden;
den Ausstellungen aber, welche von Aesthetikern wie
Zimmermann und Schasler gegen die Begriffsbestimmungen
des Erhabenen bei Vischer gemacht sind, kann ich nicht
beipflichten, halte sogar ihre Definitionen des Erhabenen
für falsch.